Miguel de Cervantes Saavedra

La casa
de los celos

Barcelona **2024**
Linkgua-ediciones.com

Créditos

Título original: La casa de los celos.

© 2024, Red ediciones S.L.

e-mail: info@Linkgua-ediciones.com

Diseño de cubierta: Michel Mallard.

ISBN tapa dura: 978-84-9953-717-7.
ISBN rústica: 978-84-9816-373-5.
ISBN ebook: 978-84-9953-189-2.

Sumario

Brevísima presentación

La vida

Miguel de Cervantes Saavedra (Alcalá de Henares, 1547-Madrid, 1616). España.

Era hijo de un cirujano, Rodrigo Cervantes, y de Leonor de Cortina. Se sabe muy poco de su infancia y adolescencia. Aunque se ha confirmado que era el cuarto entre siete hermanos. Las primeras noticias que se tienen de Cervantes son de su etapa de estudiante, en Madrid.

A los veintidós años se fue a Italia, para acompañar al cardenal Acquaviva. En 1571 participó en la batalla de Lepanto, donde sufrió heridas en el pecho y la mano izquierda. Y aunque su brazo quedó inutilizado, combatió después en Corfú, Ambarino y Túnez.

En 1584 se casó con Catalina de Palacios, no fue un matrimonio afortunado. Tres años más tarde, en 1587, se trasladó a Sevilla y fue comisario de abastos. En esa ciudad sufrió cárcel varias veces por sus problemas económicos y hacia 1603 o 1604 se fue a Valladolid, y allí también fue a prisión, esta vez acusado de un asesinato. Desde 1606, tras la publicación del Quijote, fue reconocido como un escritor famoso y vivió en Madrid.

La presencia de ciertas «figuras morales», entre otras peculiaridades, hace pensar que *La casa de los celos* es un texto refundido de alguna comedia de la «primera época», tal vez *El bosque amoroso*.

Personajes

Reinaldos
Malgesí
Roldán
Galalón
Emperador Carlomagno
Un Paje
Angélica
Bernardo del Carpio
Una Dueña
Un Escudero
Argalía
Espíritu de Merlín
Marfisa
Lauso, pastor
Corinto, pastor
Rústico, pastor
Clori, pastora
El Temor
La Sospecha
La Curiosidad
La Desesperación
Los Celos
La Diosa Venus
Cupido
La Mala fama
La Buena fama
Ferraguto
Castilla

Jornada primera

([Salen] Reinaldos y Malgesí.)

Reinaldos

Sin duda que el ser pobre es causa desto;
pues, ¡vive Dios!, que pueden estas manos
echar a todas horas todo el resto
con bárbaros, franceses y paganos.
¿A mí, Roldán, a mí se ha de hacer esto?
Levántate a los cielos soberanos,
el confalón que tienes de la Iglesia.
O reniego, o descreo...

Malgesí

¡Oh, hermano!

Reinaldos

¡Oh, pesia...!

Malgesí

Mira que suenan mal esas razones.

Reinaldos

Nunca las pasa mi intención del techo.

Malgesí

Pues, ¿por qué a pronunciallas te dispones?

Reinaldos

¡Rabio de enojo y muero de despecho!

Malgesí

Pónesme en confusión.

Reinaldos

Y tú me pones...
¡Déjame, que revienta de ira el pecho!

Malgesí

¡Por Dios!, que has de decirme en este instante
con quién las has.

Reinaldos

Con el señor de Aglante.

Con aquese bastardo, malnacido,
arrogante, hablador, antojadizo,
más de soberbia que de honor vestido.

Malgesí   ¿No me dirás, Reinaldos, qué te hizo?

Reinaldos   ¿Que a tanto desprecio he yo venido,
que así ose atrevérseme un mestizo?
Pues ¡juro a fe que, aunque le valga Roma,
que le mate, y le guise, y me le coma!
    En un balcón estaba de palacio,
y con él Galalón junto a su lado;
yo entraba por el patio, muy de espacio,
cual suelo, de mí mismo acompañado;
los dos miraron mi bohemio lacio
y no de perlas mi capelo ornado;
tomáronse a reír, y a lo que creo,
la risa fue de ver mi pobre arreo.
    Subí, como con alas, la escalera,
de rabia lleno y de temor vacío;
no los hallé donde los vi, y quisiera
ejecutar en mí mi furia y brío.
Entráronse allá dentro, y, si no fuera
porque debo respeto al señor mío,
en su presencia le sacara el alma,
pequeña a tanta injuria, y débil palma.
    De aquel traidor de Galalón no hago
cuenta ninguna, que es cobarde y necio;
de Roldán, sí, y en ira me deshago,
pues me conoce, y no me tiene en precio.
Pero presto tendrán los dos el pago,
pagando con sus vidas mi desprecio,
aunque lo estorbe...

Malgesí	¿No ves que desatinas?
Reinaldos	Con aquesas palabras más me indinas.
Malgesí	Roldán es éste, vesle aquí que sale, y con él Galalón.
Reinaldos	Hazte a una parte, que quiero ver lo que este infame vale, que es tenido en el mundo por un Marte.

([Salen] Roldán y Galalón.)

¡Agora, sí, burlón, que no te cale
en la estancia de Carlos retirarte,
ni a ti forjar traiciones y mentiras
para volver pacíficas mis iras!

Galalón	Vuélvome, porque es éste un atrevido y el decir y hacer pone en un punto.

[Vase.]

Reinaldos	¡Bien os habéis de mi ademán reído los dos, a fe!
Roldán	¡Que está loco barrunto!
Reinaldos	¿Dónde está aquel cobarde?
Malgesí	Ya se ha ido.
Reinaldos	Tuvo temor de no quedar difunto si un soplo le alcanzara de mi boca.

Roldán	¡A risa su arrogancia me provoca! ¿Con quién las has, Reinaldos?
Reinaldos	¿Yo? Contigo.
Roldán	¿Conmigo? Pues, ¿por qué?
Reinaldos	Ya tú lo sabes.
Roldán	No sé más de que siempre fui tu amigo, pues de mi voluntad tienes las llaves.

Reinaldos	Tu risa ha sido deso buen testigo;
	no hay para qué tan sin porqué te alabes.
	Dime: ¿puede, por dicha, la pobreza
	quitar lo que nos da naturaleza?
	    Que yo trujera con anillos de oro
	adornadas mis manos y trujera
	con pompa, a modo de real decoro,
	mi persona compuesta; ¿adóndequiera
	rindiera yo con esto al fuerte moro
	o al gallardo español, que nos espera?
	No; que no dan costosos atavíos
	fuerza a los brazos y a los pechos bríos.
	    Mi persona desnuda, y esta espada,
	y este indomable pecho que conoces,
	ancha se harán adondequiera entrada,
	como en la seca mies agudas hoces.
	Mi fuerza conocida y estimada
	está por todo el orbe dando voces,
	diciendo quién yo soy; y así, tu burla
	contra toda razón de mí se burla.
	    Y, porque veas que en razón me fundo,

mete mano a la espada y haz la prueba:
verás que en nada no te soy segundo,
ni es para mí el probarte cosa nueva.
¿Que de nuevo te ríes, pese al mundo?

Roldán   ¿Qué endiablado furor, primo, te lleva
a romper nuestras paces, o qué risa
así el aviso tuyo desavisa?

Malgesí   Dice que dél hiciste burla cuando
entraba por el patio de palacio,
su poco fausto y soledad mirando,
y su bohemio, por antiguo, lacio.
Pensolo, y, su estrecheza contemplando,
y creyendo la burla, en poco espacio
la escalera subió; y, si allí os hallara,
en llanto vuestra risa se tornara.

Roldán   Hiciera mal, porque por Dios os juro
que no me pasó tal por pensamiento;
y desto puede estar cierto y seguro,
pues yo lo digo y más con juramento.
Al pilar de la Iglesia, al fuerte muro,
al amparo de Francia y al aliento
de los pechos valientes, ¿quién osara,
aunque en ello la vida le importara?
    Esta disculpa baste, ¡oh primo amado!,
para templar vuestra no vista furia;
que no es costumbre de mi pecho honrado
hacer a nadie semejante injuria.
Y más a vos, que solo habéis ganado
más oro que tendrá y tiene Liguria,
si es que la honra vale más que el oro
que en Tíbar cierne el mal vestido moro.

Dadme esa mano, ¡oh primo!, porque, en uno
estas dos que imagino sin iguales,
no siento yo que habrá valor alguno
que de su puerta llegue a los umbrales.

(Vuelve Galalón con el emperador Carlomagno.)

Emperador
¿Que así comenzó a hablar el importuno,
y descubrió en el modo indicios tales,
que presto de la lengua desmandada
pasaría la cólera a la espada?

Galalón
No los pongas en paz, porque es prudencia,
y en materia de estado esto se advierte,
tener a tales dos en diferencia,
que son ministros de tu vida y muerte;
que, habiendo entre dos grandes competencia
y entre dos consejeros, de tal suerte
el uno y otro a sus contrarios temen,
que es fuerza que en virtud ambos se estremen,
por temor de las ciertas parlerías
que te podrá decir aquél de aquéste;
y no desprecies las razones mías,
si no quieres que caro no te cueste.

Emperador
No están de aquel talante que decías.
Di: ¿Roldán no es aquél? ¿Reinaldos, éste?
En paz están, y asidos de la mano.

Galalón
Señores, ¿no habéis visto a Carlomano?

Roldán
¡Oh grande emperador!

Emperador
¡Oh amados primos!

14

¿Habéis tenido algún enojo acaso?

Roldán   Sin padrinos los dos nos avenimos
cuando torcemos de amistad el paso.
Muchas veces confieso que reñimos,
mas ninguna de veras.

Galalón   A hablar paso
Reinaldos y sin cólera, no hiciera
que nuestro emperador aquí viniera;
que yo le truje imaginando, cierto,
que estábades los dos ya en gran batalla.

Malgesí   Holgáraste que el uno fuera muerto,
y aun los dos; que este intento en ti se halla.

Emperador   Tu temor ha salido en todo incierto.
De lo que a mí me place, es que la malla
y los aceros destos dos varones
requieren más honrosas ocasiones.

Roldán   Reinaldos, no le tengas ojeriza
a Galalón, que a fe que es nuestro amigo.

Malgesí   ¡Así le viese yo hecho ceniza,
o de la suerte que en mi mente digo!
Éste es el soplo que aquel fuego atiza
y enciende, por quien siempre es enemigo
nuestro buen rey de nuestro buen linaje.

Reinaldos   ¡Cuán sin aliento viene aqueste paje!

[Sale un Paje.]

Paje

Señor, si quieres ver una ventura,
que en la vida se ha visto semejante,
ponte a ese corredor: que te aseguro
que es aventicio hermoso y elegante.

Reinaldos

¡Donoso ha estado el paje!

Paje

Yo lo juro
por vida de mi padre. Trae delante
una diosa del cielo dos salvajes
que sirven de escuderos y de pajes;
una que debe ser su bisabuela
viene detrás sobre una mula puesta.
Digo que es cosa de admirar. Mas hela
do asoma: ved si viene bien compuesta.

Malgesí

¿Si viene con mistura de cautela
tan grande novedad?

Emperador

Poco te cuesta
saberlo si tu libro traes a mano.

Malgesí

Aquí le tengo, y el saberlo es llano.

(Apártase Malgesí a un lado del teatro, saca un libro pequeño, pónese a leer en él, y luego sale una figura de demonio por lo hueco del teatro y pónese al lado de Malgesí; y han de haber comenzado a entrar por el patio Angélica la bella, sobre un palafrén, embozada y la más ricamente vestida que ser pudiere; traen la rienda dos salvajes, vestidos de yedra o de cáñamo teñido de verde; detrás viene una Dueña sobre una mula con gualdrapa. Trae delante de sí un rico cofrecillo y a una perrilla de falda; en dando una vuelta al patio, la apean los salvajes, y va donde está el Emperador, el cual, como la ve, dice.)

Emperador	Digo que trae gallarda compostura
	y que es gallardo el traje y peregrino,
	y que si llega al brío la hermosura,
	que pasa de lo humano a lo divino.
Malgesí	¿Aventura es aquésta? Es desventura.
Emperador	¿Qué dices, Malgesí?
Malgesí	No determino
	aún bien lo que es.
Emperador	Pues mira más atento.
Malgesí	Ya procuro cumplir tu mandamiento.
Emperador	Salid a la escalera a recebilla,
	y traed a la dama a mi presencia.
Reinaldos	Cierto que es ésta estraña maravilla.
Malgesí	Cierto que no yerra aquí mi ciencia.
Emperador	¿Qué es eso, Malgesí?
Malgesí	Darás a oílla
	gratos oídos, pero no creencia;
	que esta dama que ves... Aún no sé el resto;
	escúchala, que yo lo sabré presto.

([Sale] en el teatro Angélica con los salvajes y la Dueña, acompañada de Reinaldos, Roldán y Galalón; viene Angélica embozada.)

Angélica	Prospere el alto cielo,

poderoso señor, tu real estado,
y seas en el suelo
por uno y otro siglo prolongado
de tan rara ventura,
que del tiempo mudable esté segura.
    Puesto que tu presciencia
de un sí cortés me tiene asegurada,
no osaré sin licencia
decirte, ¡oh gran señor!, una embajada,
que aumentará la fama
que a tanto prez y a tanto honor te llama.

Emperador	Decid lo que os pluguiere.
Angélica	Hizo verdad tu sí mi pensamiento.

Presta a lo que dijere,
sagrado emperador, oído atento,
y préstenmele aquéllos
a quien la gola señaló sus cuellos.
    Soy única heredera
del gran rey Galafrón, cuyo ancho imperio
deste mar la ribera,
ni aun casi la mitad del hemisferio,
sus límites describe;
que en otros mares y otros cielos vive.
    A su grandeza iguala
su saber, en el cual tuvo noticia
ser mi ventura mala,
si así como el estado real codicia,
a varón me entregase
que en sangre y en grandeza me igualase.
    Halló por cierto y llano
que el que venciese en singular batalla
a un mi pequeño hermano

que viste honrosa, aunque temprana malla,
éste, cierto, sería
bien de su reino y la ventura mía.
    Por provincias diversas
he venido con él, donde he tenido
ya prósperas, ya adversas
venturas, y a la fin me he conducido
a este reino de Francia,
donde tengo por cierta mi ganancia.
    De Ardenia en las umbrosas
selvas queda mi hermano, allí esperando
quien, ya por codiciosas
prendas, o esta belleza deseando,

(Desembózase.)   su fuerte brazo pruebe;
y es lo que he de decir lo que hacer debe.
    Quien fuere derribado
del golpe de la lanza, ha de ser preso,
porque le está vedado
poner mano a la espada; y es expreso
del rey este mandato,
o, por mejor decir, concierto y pacto.
    Y si tocare el suelo
mi hermano, quedará quien le venciere
levantado a mi cielo,
o noble sea, o sea el que se fuere,
y no de otra manera.

Malgesí   ¡Qué bien que lo relata la hechicera!

Angélica   ¡Ea, pues, caballeros!,
quien reinos apetece y gentileza,
aprestad los aceros,
que a poco precio venden la belleza
que veis, venid en vuelo.

Roldán   ¡Por Dios, que encanta!

Reinaldos   Admira, ¡vive el cielo!

Angélica   Ya te he dicho mi intento.
                           Conviéneme que dé la vuelta luego.

Emperador   Deteneos un momento,
                           si es que puede con vos mi mando o ruego,
                           porque seáis servida
                           según vuestra grandeza conocida.

Angélica   Lo imposible me pides;
                           dame licencia y queda en paz.

Emperador   Pues veo
                           que a tu gusto te mides,
                           en buen hora te vuelve, y el deseo
                           de servirte recibe.

Malgesí   ¡El mismo engaño en esta falsa vive!

(Vase Angélica y su compañía.)

Reinaldos   ¿Para qué vas tras ella,
                           Roldán?

Roldán   Son excusadas tus demandas.

Reinaldos   Yo solo he de ir con ella.

Roldán   ¡Qué impertinente y qué soberbio andas!

Reinaldos   ¡Detente, no la sigas!

Roldán   Reinaldos, bueno está; no me persigas.

Malgesí   Deténlos, no los dejes;
haz, señor, que se prenda aquella maga.

Reinaldos   Como de aquí te alejes,
daréte de tu intento justa paga.

Emperador   ¿Qué desvergüenza es ésta?

Malgesí   Manda prender aquella deshonesta,
que será, a lo que veo,
la ruina de Francia en cierto modo.

Roldán   Cumpliré mi deseo
a tu pesar, y aun al del mundo todo.

Reinaldos   Camina, pues, y guarte.

Emperador   Acaba, Malgesí, de declararte.

Malgesí   Ésta que has visto es hija
del Galafrón, cual dijo; mas su intento,
que el cielo le corrija,
es diferente del fingido cuento,
porque su padre ordena
tener tus Doce Pares en cadena;
y, si los prende, piensa
venir sobre tu reino y conquistalle;
y trázase esta ofensa
con enviar su hijo y adornalle
con una hermosa lanza,

con que de todos la vitoria alcanza.
        La lanza es encantada,
y tiene tal virtud, que, aquel que toca,
le atierra, y es dorada;
por eso pide aquella infame y loca
que la espada no prueben
los que a la empresa con valor se atreven.
        Por añagaza pone
aquella incomparable hermosura,
que el corazón dispone
aun de la más cobarde criatura
para que el hecho intente,
do, aunque se pierda, nunca se arrepiente.
        Serán tus Doce Pares
presos si no lo estorbas, señor mío,
y otros muchos millares
de los tuyos que tienen fuerza y brío
para mayores cosas.

Emperador   Las que has contado son bien espantosas;
                 mas no sé remediallas,
y es porque no las creo. A ti te queda
creellas y estorballas.

Malgesí   Haré cuanto mi industria y ciencia pueda.

Galalón   No son muy verdaderos,
a decirte verdad, tus consejeros.

([Vanse] el Emperador y Galalón.)

Malgesí   Mi hermano va enojado
con Roldán. Estorbar quiero su daño.
En laberinto he entrado

que apenas saldré dél. ¡Oh ciego engaño,
oh fuerza poderosa
de la mujer que es, sobre falsa, hermosa!

([Vase] Malgesí, y [sale] Bernardo del Carpio, armado, y tráele la celada un Vizcaíno, su escudero, con botas y fieltro y su espada.)

Bernardo   Aquí, fuera de camino,
podré reposar un poco.

Vizcaíno   Señor sabio, que estás loco,
tino vuelves desatino.
      Vizcaíno que escudero
llevas contigo, te avisa
camines no tanta prisa,
paso lleves de arriero.
      Tierra buscas, tierra dejas,
tanta parece hazaña,
pues, metiendo en tierra extraña,
por Dios, de propria te alejas.
      Bien que en España hay que hacer;
moros tienes en fronteras,
tambores, pitos, banderas
hay allá; ya puedes ver.

Bernardo   ¿Ya no te he dicho el intento
que a esta tierra me ha traído?

Vizcaíno   Curioso mucho atrevido
goza nunca pensamiento.
      Bien podrás, bien podrás,
dejar mala tanto hazaña;
a las de guerra y España
llama.

Bernardo	Ya te entiendo, Blas.
Vizcaíno	Bien es que sepas de yo

Vizcaíno

        Bien es que sepas de yo
buenos que consejos doy;
que, por Juan Gaicoa, soy
Vizcaíno; burro, no.
    Señor, mira, si es que ver
poder quieres del francés,
camino aqueste no es
derecho; puedes volver.

Bernardo

        Dicen que estas selvas son
donde se hallan de contino,
por cualquier senda o camino,
venturas de admiración,
    y que en la mitad o al fin,
o al principio, o no sé dónde,
entre unos bosques se esconde
el gran padrón de Merlín,
    aquel grande encantador,
que fue su padre el demonio.

Vizcaíno

        Echado está testimonio,
y levántanle, señor.

Bernardo

        Hele de buscar y hallar,
si mil veces rodease
estas selvas.

Vizcaíno

        Tiempo vase;
duerme, o vuelve a caminar.

Bernardo

        Vuelve, y ve si Ferraguto

viene, que se quedó atrás,
y a do quedo le dirás.

Vizcaíno   Escudero siempre puto.

Bernardo   Dura y detestable guerra,
por solo aquesto eres buena:
que en pluma vuelves la arena,
y en blanda cama la tierra.
    Tú ofreces, doquier que estás,
anchos y estendidos lechos,
si no es que hay campos estrechos
por donde los pasos das.
    Eres un cierto beleño
que, entre cuidados y enojos,
ofreces siempre a los ojos
blando, aunque forzoso sueño.
    Eres de su calidad,
según muestra la experiencia,
madre de la diligencia,
madrastra de ociosidad.
    Venid acá vos, cimera,
rica y extremada pieza,
y, pues sois de la cabeza,
servidme de cabecera,
    que ya el sueño de rondón
va ocupando mis sentidos.
¡Bien dicen que los dormidos
imagen de muerte son!

(Échase a dormir Bernardo junto al padrón de Merlín, que ha de ser un mármol jaspeado, que se pueda abrir y cerrar, y a este instante parece encima
de la montaña el mancebo Argalía, hermano de Angélica la bella, armado y
con una lanza dorada.)

Argalía   Mucha tierra se descubre
de encima desta montaña:
de aquesta parte es campaña,
de estotra el bosque la cubre;
    allí el camino blanquea,
y hasta París va derecho.
¡Si mi hermana hubiese hecho
el gran caso que desea!
    Mas, si no me miente acaso
la vista, aquélla es, sin duda,
que el camino trueca y muda,
y hacia aquí endereza el paso.
    Los palafrenes envía
por el camino real.
En cuanto hace, no hace mal;
recebirla es cortesía.

([Vase] Argalía y sale Angélica con los salvajes y la Dueña.)

Angélica   Cierto que es ésta la senda,
o no acierto bien las señas,
y a la vuelta destas peñas
sin duda está nuestra tienda.

Dueña   ¿Cuándo, señora, veremos
el fin de nuestros caminos?
¿Cuándo destos desatinos
a buen acuerdo saldremos?
    ¿Cuándo me veré, ¡ay de mí!,
con mi almohadilla, sentada
en estrado y descansada,
como algún tiempo me vi?
    ¿Cuándo dejaré de andar,

cuando el Sol salga o tramonte,
deste monte en aquel monte,
de un lugar a otro lugar?
        ¿Cuándo de mis redomillas
veré los blancos afeites,
las unturas, los aceites,
las adobadas pasillas?
        ¿Cuándo me daré un buen rato
en reposo y sin sospecha?
Que traigo esta cara hecha
una suela de zapato.
        Los crudos aires de Francia
me tienen de aqueste modo.

Angélica   Calla, que bien se hará todo.

Dueña   No te arriendo la ganancia;
                que según yo vi el denuedo
de aquellos dos paladines,
de tus caminos y fines
esperar buen fin no puedo.

Angélica   No atinas con la verdad;
calla, que mi hermano viene.

([Sale] Argalía.)

Argalía   ¡Oh rico archivo, do tiene
sus tesoros la beldad!
        ¿Cómo vienes, y en qué modo
has salido con tu intento?

Angélica   Midióse a mi pensamiento
la ventura casi en todo.

Vámonos al pabellón,
que allí, de espacio y sentada,
contaré de mi embajada
el principio y conclusión.

Argalía   Bien dices, hermana; ven,
que bien cerca de aquí está.

Dueña   La triste que cual yo va,
yo sé que no va muy bien;
    que de la madre me aprieta
un gran dolor en verdad.
Todo aquesto es frialdad
deste andar a la jineta.

([Vanse] todos, sino es Bernardo, que aún duerme; suene música de flautas tristes; despierta Bernardo, ábrese el padrón, pare una figura de muerto, y dice.)

Espíritu   Valeroso español, cuyo alto intento
de tu patria y amigos te destierra,
vuelve a tu amado padre el pensamiento,
a quien larga prisión y oscura encierra.
A tal hazaña es gran razón que atento
estés, y no en buscar inútil guerra
por tan remotas partes y excusadas,
adonde son las dichas desdichadas.
    Tiempo vendrá que del francés valiente,
al margen de los montes Pireneos,
bajes la altiva y generosa frente
y goces de honrosísimos trofeos.
Sigue de tu ventura la corriente,
que iguala al gran valor de tus deseos;
verás como te sube tu fortuna

sobre la faz convexa de la Luna.
   Por ti tu patria se verá en sosiego,
libre de ajeno mando y señorío;
tú serás agua al encendido fuego
que arde en el pecho que de casto es frío.
Deja estas selvas, do caminas ciego,
llevado de un curioso desvarío.
Vuelve, vuelve, Bernardo, a do te llama
un inmortal renombre y clara fama.
   De Merlín el espíritu encantado
soy, que aquí yago en esta selva oscura,
del cielo para bien y mal guardado,
aunque en mis males siempre se conjura;
y no seré deste lugar llevado
a la negra región do el llanto dura,
hasta que crucen estas selvas fieras
muchas y cristianísimas banderas.
   Mil cosas se me quedan por contarte,
que otra vez te diré, porque ahora importa
detrás de aquestas ramas ocultarte,
donde será tu estada breve y corta.
A dos, que cada cual por sí es un Marte,
pondrás en paz, o mostrarás que corta
tu espada. Y, sin hablar, haz lo que digo,
y entiende que te soy y seré amigo.

(Ciérrase el padrón, éntrase en él Bernardo sin hablar palabra, y luego sale
Reinaldos.)

Reinaldos   En vano mis pasos muevo
                  pues, entre estas flores tantas
                  no hay señales de las plantas
                  que por guía y norte llevo.
                     Que si aquí hubieran pisado,

claro estaba que este suelo
fuera un traslado del cielo,
de varias lumbres pintado.
    ¿Qué flor tocará la bella
planta, a mí tan dulce y cara,
que luego no se tornara,
o ya en Sol, o en clara estrella?
    Lejos estoy del camino
que a do está mi cielo guía,
pues este suelo no envía,
o luz clara, o olor divino.
    Mas ya no tendré pereza
en buscar este Sol bello,
pues me han de guiar a vello
ya su luz, ya su belleza.
    Pero, ¿qué es esto, que el sueño
así me acosa y aprieta?
¡Oh fuerza libre, sujeta
a fuerzas de tan vil dueño!
    Aquí me habré de acostar,
al pie deste risco yerto,
haciendo imagen de un muerto,
pues estoy para expirar.

(Recuéstase Reinaldos, pone el escudo por cabecera, y entra luego Roldán
embrazado de el suyo.)

Roldán   ¡Tantas vueltas sin provecho!
    ¿Dónde, ¡oh Sol!, te tramontaste
después que tu luz dejaste
en lo mejor de mi pecho?
    Descúbrete, Sol hermoso,
que voy buscando tu lumbre
por el llano y por la cumbre,

desalentado y ansioso.

  ¡Oh, Angélica, luz divina
de mi humana ceguedad,
norte cuya claridad
a nuevo ser me encamina!

    ¿Cuándo te verán mis ojos,
o cuándo, si no he de verte,
vendrá la espantosa muerte
a triunfar de mis despojos?

    Mas, ¿quién es este holgazán
que duerme con tal remanso?
No hay quien no viva en descanso
sino el mísero Roldán.

    ¿Qué es esto? Reinaldos es
el que yace aquí dormido.
¡Oh primo, al mundo nacido
para grillos de mis pies,

   para esposas de mis manos,
para infierno de mis glorias,
para opuesto a mis vitorias,
para hacer mis triunfos vanos,

   para acíbar de mi gusto!
Mas yo haré que no lo seas:
sin que el mundo ni tú veas
que paso el término justo,

   quitarte quiero la vida.
Mas, ¡ay, Roldán! ¿Cómo es esto?
¿Ansí os arrojáis tan presto
a ser traidor y homicida?

    ¿Qué decís, mal pensamiento?
¿Decísme que es mi rival,
y que consiste en su mal
todo el bien de mi tormento?

    Sí decís; mas yo sé, al fin,

que el que es buen enamorado
tiene más de pecho honrado
que de traidor y de ruin.
    Yo fui Roldán sin amor,
y seré Roldán con él,
en todo tiempo fiel,
pues en todo busco honor.
    Duerme, pues, primo, en sazón;
que arrimo te sea mi escudo;
que, aunque amor vencerme pudo,
no me vence la traición.
    El tuyo quiero tomar,
porque adviertas, si despiertas,
que amistades que son ciertas
nadie las puede turbar.

(Échase Roldán junto a Reinaldos y pone a su cabecera el escudo de Reinaldos, y luego despierta Reinaldos.)

Reinaldos   ¡Angélica! ¡Oh extraña vista!
¿No es Roldán este que veo,
y el que del bien que deseo
procura hacer la conquista?
    Él es; pero, ¿quién me puso
su escudo para mi arrimo?
Tu cortés bondad, ¡oh primo!,
sin duda que esto dispuso.
    Bien me pudieras matar,
pues durmiendo me hallaste,
por quitar aquel contraste
que en mi vida has de hallar;
    empero tu cortesía
más que amor pudo en tu pecho,
por la costumbre que has hecho

de hacer actos de hidalguía.
　　Mas, ¿si fue por menosprecio
el dejarme con la vida?
No, por ser cosa sabida
que yo soy hombre de precio;
　　y tú mismo lo has probado
una y otra vez y ciento.
No atino cuál pensamiento
tenga por más acertado:
　　si me deja de arrogante,
o si fue por amistad;
que tal vez la deslealtad
vive en el celoso amante.

　　¡Oh! Si aquéste me dejase
señero en mi pretensión,
con el alma y corazón,
¡vive Dios!, que le adorase;
　　pero si no, no imagines,
primo, que por tu bondad
dejará mi voluntad
de seguir sus dulces fines.

　　Y de aquesta intención mía
no me debes de culpar,
porque el amor y el reinar
nunca admiten compañía.
　　Seguramente a mi lado
pudiste echarte a dormir,
pues no se puede herir
un hombre que es encantado;
　　y así, la ocasión quitaste
que tu sueño me ofrecía,
para usar la cortesía
de que tú conmigo usaste.

　　Pero, despierto, veremos

tu intención a dó se inclina;
y si donde yo camina,
pondré medio en sus extremos.

 Irá el parentesco afuera,
la cortesía a una parte,
si bajase el mismo Marte
a impedirlo de su esfera.

 ¡Ah, Roldán! ¡Roldán, despierta!,
que es gran descuido el que tienes,
y más si, por dicha, vienes
donde mi sospecha acierta.

 Toma tu escudo, y el mío
me vuelve. ¡Despierta agora!

[Como soñando.]

[Roldán]
 ¡Ay, Angélica, señora
de mi vida y mi albedrío!
 ¿A dó se esconde tu faz
que todo mi bien encierra?

Reinaldos
 Declarada es nuestra guerra,
y perdida nuestra paz.
 ¡Roldán, acaba, levanta;
destroquemos los escudos!

[Entre sueños.]

Roldán
 ¡Con qué dulces, ciegos nudos
me añudaste la garganta;
 la voluntad decir quiero,
y el alma que te entregué!

Reinaldos
 ¡Si no despiertas, a fe

que te despierte este acero,
    y aun te mate, pues me matas,
ahora duermas, ahora veles!
Estos intentos crueles
nacen de entrañas ingratas.
    Estoy por dejar de ser
quien soy. ¡Acudid al punto,
respetos, que está difunto
mi acertado proceder!
    ¡Ansias que me consumís,
sospechas que me cansáis,
recelos que me acabáis,
celos que me pervertís!

(Roldán despierta.)

Roldán   Reinaldos, ¿qué quies hacer?

Reinaldos   ¡Deshacerme, o deshacerte!

Roldán   ¿Quieres, primo, darme muerte?

Reinaldos   Tu vida está en mi querer.

Roldán   ¿Cómo en mi querer?

Reinaldos   Dirélo:
no más de en querer decirme
si vienes a perseguirme
en la busca de mi cielo;
    si es tu venida a buscar
a Angélica. ¿No me entiendes?

Roldán   ¿De saber lo que pretendes...?

Reinaldos	¡Acabarte, o acabar!
Roldán	¿Tanto el vivir te embaraza, que tras tu muerte caminas?
Reinaldos	Profeta falso, adivinas el mal que así te amenaza.
Roldán	Contigo las cortesías siempre fueron por demás.
Reinaldos	Dame mi escudo, y verás como siempre desvarías. Si a París no te vuelves, verás también en un punto tu culpa y castigo junto.
Roldán	¡Fácilmente te resuelves! Ni a París he de volver, ni a Angélica he de dejar. Mira qué quieres.
Reinaldos	Cortar tu insolente proceder. ¡Desharéte entre mis brazos, aunque seas encantado!
Roldán	¡Eres villano atestado, y quieres luchar a brazos!
Reinaldos	¡Mientes! Y ven con la espada, que, aunque seas de diamante, verás, infame arrogante,

mi verdad averiguada!

(Vanse a herir con las espadas; salen del hueco del teatro llamas de fuego, que no los deja llegar.)

Roldán
Bien sé que anda por aquí,
temeroso de tu muerte,
mas no ha de poder valerte,
tu hechicero Malgesí;
que pasaré de Aqueronte
la barca por castigarte.

Reinaldos
Yo pondré por alcanzarte
un monte sobre otro monte;
arrojaréme en el fuego,
como ves que aquí lo hago.

Roldán
No te deja dar tu pago
tu hermano.

Reinaldos
¡Pues dél reniego!

(Dice el espíritu de Merlín.)

Espíritu
Fuerte Bernardo, sal fuera,
y a los dos en paz pondrás.

(Sale Bernardo.)

Bernardo
¡Caballeros, no haya más!
¡Guerreros fuertes, afuera!

Reinaldos
¿Hate el cielo aquí llovido?
¿Qué quieres, o qué nos mandas?

Bernardo	Son tan justas mis demandas,
	que he de ser obedecido.
	Y es que dejéis la dudosa
	lid de tan esquivo trance.
Reinaldos	Tú has echado muy buen lance,
	y la demanda es donosa.
	¿Eres español, a dicha?
Bernardo	Por dicha, soy español.
Reinaldos	Vete, porque solo el Sol
	ha de ver nuestra desdicha;
	que no queremos testigos
	más que el Sol en la lid nuestra.
Bernardo	No me he de ir sin que la diestra
	os déis de buenos amigos.
Roldán	¡Pesado estás!
Bernardo	Más pesados
	estáis los dos, si advertís.
Reinaldos	Español, ¿cómo no os is?
Bernardo	Por corteses o rogados,
	vuestra quistión, por ahora,
	no ha de pasar adelante.
Roldán	Yo soy el señor de Aglante.
Reinaldos	Yo, Reinaldos.

Bernardo	Sea en buen hora;
	que ser quien sois os obliga
	a conceder con mi ruego.
Roldán	Esa razón no la niego.
Reinaldos	Este español me atosiga;
	que siempre aquesta nación
	fue arrogante y porfiada.
Roldán	Señor, pues que no os va nada,
	no impidáis nuestra quistión;
	dejadnos llevar al fin
	nuestro deseo, que es justo.
Bernardo	Aquése fuera mi gusto,
	a serlo así el de Merlín.
Roldán	¡Oh cuerpo de San Dionís,
	con el español marrano!
Bernardo	¡Mientes, infame villano!
Reinaldos	A plomo cayó el mentís.
	¡Afuera, Roldán, no más!
Roldán	¡Deja, que me abraso en ira!
	¿Qué es esto? ¿Quién me retira?
	¿El pie de Roldán atrás?
	¿Roldán el pie atrás? ¿Qué es esto?
	¡Ni huyo, ni me retiro!
Reinaldos	De Merlín es este tiro.

Bernardo	Pues yo haré que huyáis presto.

(Vase retirando Roldán hacia atrás, y sube por la montaña como por fuerza de oculta virtud.)

Reinaldos	¡Por cierto, a gentiles manos te ha traído tu fortuna!
Bernardo	Manos, yo no veo ninguna; pies, sí, ligeros y sanos, y que os importa tenellos para huir de mi presencia.
Reinaldos	¡Sin igual es tu insolencia!

(Sube Bernardo por la peña arriba, siguiendo a Roldán, y va tras él Reinaldos. Sale Marfisa, armada ricamente; trae por timbre una ave Fénix y una águila blanca pintada en el escudo, y, mirando subir a los tres de la montaña, con las espadas desnudas y que se acaban de desparecer, dice.)

Marfisa	¿Si se combaten aquéllos? Si hacen, ponerlos quiero en paz, si fuere posible. ¡Oh, qué montaña terrible! Subir por ella no espero, ni podré a caballo ir, aunque le vuelva a tomar; mas, con todo, he de probar el trabajo del subir. Bien se queda en la espesura mi caballo hasta que vuelva; nunca falta en esta selva o buena o mala ventura.

(Sube Marfisa por la montaña, y vuelven a salir al teatro, riñendo, Roldán, Bernardo y Reinaldos.)

Roldán
No sé yo cómo sea
que contra ti no tengo alguna saña,
ni puedo en tal pelea
mover la espada. ¡Cosa es ésta extraña!

Bernardo
La razón que me ayuda
pone tus fuerzas y tu esfuerzo en duda.

Reinaldos
De Merlín es el hecho,
que no hay razón que valga con su encanto;
que, aunque fuera su pecho
león en furia y en dureza un canto,
si hechiceros no hubiera,
nunca mi primo atrás el pie volviera.

([Sale] Angélica, llorando, y con ella el Vizcaíno, escudero de Bernardo.)

Vizcaíno
¡Pardiós, echóte al río!
¡Tienes Granada, bravo Ferraguto!

Angélica
¡Ay, triste hermano mío!

Roldán
¿Por qué ese cielo al suelo da tributo
de lágrimas tan bellas,
si el mismo cielo se le debe a ellas?

Angélica
Un español ha muerto
a mi querido hermano; y es un moro
que no guardó el concierto
debido a la milicia y su decoro,

                    y arrojóle en un río.

Roldán   ¿Quién es el moro?

Bernardo   Es un amigo mío.

Roldán   ¿Amigo tuyo? ¡Oh perro,
                    tú llevarás de su maldad la pena!

Reinaldos   Roldán, no hagas tal yerro;
                    deja a mí el castigo.

Angélica   Aquí se ordena
                    mi muerte, y más desdicha
                    si de los dos me coge alguno, a dicha.
                       A esta selva oscura
                    quiero entregar ya mis ligeras plantas,
                    mi guarda y mi ventura.

Bernardo   ¿Cómo, Reinaldos, di, no te adelantas
                    a herirme con tu primo?
                    Por la honra, la vida en poco estimo.

(Sale Marfisa, poniendo paz y poniendo mano a la espada; [vase] huyendo
Angélica.)

Marfisa   ¿Qué es esto? ¡Afuera, afuera;
                    afuera, caballeros!, que os lo pide
                    quien mandarlo pudiera;
                    que, si no es que mi luz la vista impide,
                    mirando esta divisa,
                    veréis que soy la sin igual Marfisa.

Vizcaíno   La puta, la doncella,

se es ida.

Roldán
                              ¡Oh nunca vista desventura!;
forzoso he de ir tras ella.

Reinaldos
            Yo sí; tú no.

Roldán
                              ¡Notable es tu locura!

Reinaldos
            No muevas de aquí el paso.

Roldán
              No hago yo de tus locuras caso.

Reinaldos
              ¡Por Dios que, si te mueves,
que te haga pedazos al instante!

Roldán
              ¿Que a estorbarme te atreves,
fanfarrón, pordiosero y arrogante?
¿Cómo te estás tan quedo?
¡Que no me tenga este cobarde miedo!

([Vase] Roldán.)

Vizcaíno
              Señor, déjale vaya;
que pues no por allí, que por la senda
quedan arriz, en playa
poned a la dama.

Marfisa
                              ¿Por qué fue la contienda?

Bernardo
              Por celos sé que ha sido.
Dime: ¿Ferraguto quedó herido?

Vizcaíno
              Bueno, puto, y qué sano.

Bernardo	¿Con quién tuvo batalla?
Vizcaíno	¿Ya no oíste? Batalla con hermano de bella huidora, y pobre, y muerto, y triste, de moro enojo, brío teniendo, dio con él todo en el río, y queda aquí aguardando [...] espaldas de montaña.
Marfisa	Iréte acompañando, que quiero saber más de tu hazaña; que descubro en ti muestras que muestran que eres más de lo que muestras. Y advierte que contigo llevas a la sin par sola Marfisa, que, en señas y testigo que es única en el mundo, la divisa trae de aquella ave nueva que en el fuego la vida se renueva.
[Bernardo]	Haréte compañía subas al cielo o bajes al abismo.
Marfisa	Tan grande cortesía no puede parecer sino a ti mismo, y, usando deste gusto, yo he de seguir el tuyo, que es muy justo.

Fin de la primera jornada

Jornada segunda

(Sale Lauso, pastor, por una parte de la montaña, con su guitarra, y Corinto, por la otra, con otra.)

Lauso   ¡Ah Corinto, Corinto!

Corinto   ¿Quién me llama?

Lauso   Lauso, tu amigo.
                          ¿No miras?

Corinto   Algún árbol te encubre, alguna rama,
           o estás en el lugar donde suspiras
           cuando Clori te muestra el rostro airado,
           y en solitaria parte te retiras.
              Baja, si quieres, Lauso, al verde prado,
           en tanto que de Febo la carrera
           declina desta cumbre al otro lado.
              Cantaremos de Clori lisonjera,
           al pie de un verde sauce o murto umbroso,
           que pasa el pensamiento en ser ligera.

Lauso   Ya abajo; pero no a buscar reposo,
           sino a cumplir lo que amistad me obliga
           y a pasar a la sombra el Sol fogoso;
             que en tanto que la dulce mi enemiga
           se esté fortalecida en su dureza
           no hay mal que huya ni placer que siga.

(Bajan los dos de la montaña.)

Corinto   Pesado contrapeso es la pobreza
           para volar de amor, ¡oh Lauso!, al cielo,

aunque tengas cien alas de firmeza.
    No hay amor que se abata ya al señuelo
de un ingenio sutil, de un tierno pecho,
de un raro proceder, de un casto celo.
    Granjería común amor se ha hecho,
y dél hay feria franca dondequiera,
do cada cual atiende a su provecho.

Lauso   ¡Oh Clori, para mí serpiente fiera
por mi estrecheza, aunque paloma mansa
para un alma de piedra verdadera!
    ¿Que es posible, cruel, que no te cansa
de Rústico el ingenio, que es de robre,
y que el tuyo estimado en él descansa?

Corinto   Vuélvese el oro más cendrado en cobre,
y el ingenio más claro en tonta ciencia,
si le toca o le tiene el hombre pobre,
    y desto es buen testigo la experiencia.
Pero escucha; que cantan en la sierra,
y aun es la voz bien para dalle audiencia.

(Canta Clori en la montaña, y sale cogiendo flores.)

[Clori]   Derramastes el agua, la niña,
y no dijistes: «¡Agua va!»
La justicia os prenderá.

Lauso   De aquella que el placer de mí destierra
es el suave y regalado acento,
y aun quien sus gustos el amor encierra.

Corinto   Escuchémosla, pues.

Lauso	Ya estoy atento.

Clori   Derramástesla a deshora,
y fue con tan poca cuenta,
que mojastes con afrenta
al que os sirve y os adora.
Pero llegada la hora
donde el daño se sabrá,
la justicia os prenderá.

Lauso   Bien es que la ayudemos:
acuerda con el mío tu instrumento.

Corinto   Yo creo que está bien; mas, ¿qué diremos?

Lauso   Su mismo villancico, trastrocado,
cual tú sabrás hacer.

Corinto   Los dos le haremos.

(Canta Corinto.)

Corinto   Cautivástesme el alma, la niña,
y tenéisla siempre allá;
el Amor me vengará.
Vuestros ojos salteadores,
sin ser de nadie impedidos,
se entraron por mis sentidos,
y se hicieron salteadores;
lleváronme los mejores,
y tenéislos siempre allá;
el Amor me vengará.

Lauso	Así, Clori gentil, te ofrezca el prado,
	en mitad del invierno, flores bellas,
	y cuando el campo esté más agostado;
	y que siempre te halles al cogellas
	con el júbilo alegre que nos muestra
	la voz con que se ahuyentan mis querellas;
	que esa rara beldad, que nos adiestra
	a conocer al Hacedor del cielo,
	en este sitio haga alegre muestra.
	Volverás paraíso aqueste suelo,
	y este calor que nos abrasa, ardiente,
	en aura blanda y regalado yelo.
Clori	Porque no es tu demanda impertinente,
	cual otras veces suele, haré tu gusto,
	que es en todo del mío diferente.
Corinto	Dime, Clori gentil, ¿dó está el robusto,
	el bronce, el robre, el mármol, leño o tronco
	que así a tu gusto le ha venido al justo?
	Por aquel, digo, desarmado y bronco,
	calzado de la frente y de pies ancho,
	corto de zancas y de pecho ronco,
	cuyo dios es el estendido pancho,
	y a do tiene la crápula su estancia,
	él tiene siempre su manida y rancho.
Clori	Con él tengo, Corinto, más ganancia
	que contigo, con Lauso y con Riselo,
	que vendéis discreción con arrogancia.
	Rústica el alma, y rústico es el velo
	que al alma cubre, y Rústico es el nombre
	del pastor que me tiene por su cielo.
	Mas, por rústico que es, en fin es hombre

que de sus manos llueve plata y oro,
Júpiter nuevo, y con mejor renombre.
 Él guarda de mis gustos el decoro,
ora le envíe al blanco cita frío
o al tostado, engañoso libio moro.
 Tiene por justa ley el gusto mío,
y el levantado cuello humilde inclina
al yugo que le pone mi albedrío.
 No tiene el rico Oriente otra tal mina
como es la que yo saco de sus manos,
ora cruel me muestre, ora benigna.
 Quédense los pastores cortesanos
con la melifluidad de sus razones
y dichos, aunque agudos, siempre vanos.
 No se sustenta el cuerpo de intenciones,
ni de conceptos trasnochados hace
sus muchas y forzosas provisiones.
 El rústico, si es rico, satisface
aun a los ojos del entendimiento
y el más sabio, si es pobre, en nada aplace.
 Dirán Corinto y Lauso que yo miento,
y muestra la experiencia lo contrario,
y Rústico lo sabe, y yo lo siento.

Lauso   Es gusto de mujeres ordinario,
en lo que es opinión, tener la parte
que más descubra ser su ingenio vario.
 Quisiera dese error, Clori, sacarte;
mas ya estás pertinaz en tu locura,
y en vano será agora predicarte.

Corinto   Así, pastora, goces tu hermosura,
que me dejes hacer una experiencia;
quizá te hará volver a tu locura.

Verás, pastora, al vivo la inocencia
de Rústico, el pastor, por quien nos dejas.

Clori   ¿Para qué es el pedirme a mí licencia?

Lauso   Paréceme que llega a mis orejas
de Rústico la voz.

Corinto   Él es, sin duda,
que a sestear recoge sus ovejas.

(Rústico parece por la montaña.)

Rústico   Mirad si se cayó en aquella azuda
una oveja, pastores; corred luego,
y cada cual a su remedio acuda.
    Dejad, mal hora, del herrón el juego.
Aguija, Coridón. ¡Oh, cómo corre!
¡Quién quitara a Damón de su sosiego!
    Llegó; ya se arrojó; ya la socorre
y la saca en los brazos medio muerta,
y parece que un río de ambos corre.
    Esta noche tú, ¡hola!, está alerta,
no venga, como hizo en la pasada,
el lobo que la ca bra dejó muerta.
    Tú acudirás, Cloanto, a la majada
del valle de la Enceña, y darás orden
que estén todos aquí de madrugada.
    ¡Oh Compo! Tú harás que se concorden
en el pasto Corbato con Francenio;
que me da pesadumbre su desorden.

Clori   ¡Mirad si tiene Rústico el ingenio
para mandar acomodado y presto!

Rústico	Tú acude a las colmenas, buen Partenio.
	Llévese de las vacas todo el resto
	al padrón de Merlín, y de las cabras
	al monte o soto de ciprés funesto.
Clori	¿Parécenos de pobre las palabras
	que dice?
Corinto	Pues aquí, en esta espesura,
	te has de esconder, y mira que no abras
	la boca, porque importa a la aventura
	que queremos probar de nuestro intento,
	por ver si es suya o nuestra la locura.
Clori	Yo enmudezco y me escondo, y vuestro cuento
	sea, si puede ser, breve y ligero;
	que, si es pesado y grande, da tormento.

(Escóndese Clori.)

Lauso	Corinto, ¿qué has de hacer?
Corinto	Estáme atento.
	Rústico amigo, al llano abaja; aguija,
	que es cosa que te importa; corre, corre.
Rústico	Ya voy, Corinto amigo; espera, espera
	mientras que cuento un centenar de bueyes,
	y tres hatos de ovejas, y otros cinco
	de cabras desde encima deste pico
	do estoy sentado. ¿No me ves?
Corinto	¡Acaba!

¿Haces burla de mí?

Rústico   Por Dios, no hago;
mas yo lo dejo todo por servirte.
Vesme aquí: ¿qué me mandas?

Corinto   Que me ayudes
a alcanzar deste ramo un papagayo
que viene del camino de las Indias,
y esta noche hizo venta en aquel hueco
deste árbol, y alcanzalle me conviene.

Rústico   ¿Qué llamas papagayo? ¿Es un pintado,
que al barquero da voces y a la barca,
y se llama real por fantasía?

Corinto   Desa ralea es éste; pero entiendo
que es bachiller y sabe muchas lenguas,
principal la que llaman bergamasca.

Rústico   ¿Pues qué se ha de hacer para alcanzalle?

Corinto   Conviene que te pongas desta suerte.
Daca este brazo, y lígale tú, Lauso,
y átale bien, que yo le ataré estotro.

Rústico   ¿Pues yo no estaré quedo sin atarme?

Corinto   Si te meneas, espantarse ha el pájaro;
y así, conviene que aun los pies te atemos.

Rústico   Atad cuanto quisiéredes; que, a trueco
de tener esta joya entre mis manos,
para que luego esté en las de mi Clori,

dejaré que me atéis dentro de un saco.
Ya bien atado estoy. ¿Qué falta agora?

Corinto   Que yo me suba encima de tus hombros,
y que Lauso, pasito y con silencio,
me ayude a levantar las verdes hojas
que cubren, según pienso, el dulce nido.

Rústico   Sube, pues. ¿A qué esperas?

Corinto   Ten paciencia;
que no soy tan pesado como piensas.

Rústico   ¡Vive Dios, que me brumas las costillas!
¿Has llegado a la cumbre?

Corinto   Ya estoy cerca.

Rústico   Avisa a Lauso que las ramas mueva
pasito, no se vaya el pajarote.

Lauso   No se nos puede ir, que ya le he visto.

Rústico   Pregúntale, Corinto, lo que suelen
preguntar a los otros papagayos,
por ver si entiende bien nuestro lenguaje.

Corinto   ¿Cómo estás, loro, di? «¿Cómo? Cautivo.»

Rústico   ¡Hi de puta, qué pieza! Di otra cosa.

Corinto   «¡Daca la barca, hao; daca la barca!»

Rústico   Y aqueso, ¿quién lo dijo?

Corinto	El papagayo.
Rústico	¡Oh Clori, qué presente que te hago!
Corinto	«¡Clori, Clori, Clori, Clori, Clori!»
Rústico	¿Es todavía el papagayo aquése?
Corinto	Pues, ¿quién había de ser?
Rústico	¿Hasle ya asido?
Corinto	Dentro en mi caperuza está ya preso.
Rústico	Desciende, pues, y véndemele, amigo, que te daré por él cuatro novillos que aún no ha llegado el yugo a sus cervices, no más de porque dél mi Clori goce.
Lauso	No se dará por treinta mil florines.
Rústico	¡Ah, por amor de Dios, yo daré ciento! Desatadme de aquí, porque a mi gusto le vea y le contemple.
Corinto	Es ceremonia que en semejantes cazas suele usarse, que tan sola una mano se desate del que las dos tuviere y pies atados; con ésta suelta, puedes blandamente alzar mi caperuza venturosa, que tal tesoro encubre. Despabila los ojos para ver belleza tanta.

Pasito, no le ahajes. Mas espera,
que está la mano sucia; con saliva
te la puedes limpiar.

Rústico   Ya está bien limpia.

Corinto   Agora sí. ¡Dichoso aquel que llega
a descubrir tan codiciosa prenda!

Rústico   ¡Donosa está la burla! Di, Corinto:
¿es ése el papagayo?

Corinto   Éste es el pico;
las alas, éstas; éstas, las orejas
del asno de mi Rústico y amigo.

Rústico   ¡Desátenme, que a fe que yo me vengue!

(Sale Clori.)

Clori   ¡Ah simple, ah simple!

Rústico   ¿Y haslo visto, Clori?
Por ti la burla siento, y no por otro.

Clori   Calla, que para aquello que me sirves,
más sabes que trescientos Salomones.
Di que se vista Lauso desta burla,
o que compre Corinto algún tributo,
o me envíe mañana una patena
y unos ricos corales, como espero
que podrás y querrás, con tu simpleza,
enviármelos luego.

Rústico
¿Y cómo, Clori?
Y aun dos sartas de perlas hermosísimas.

Clori
¿Compárase con esto algún soneto,
Lauso? Y dime, Corinto: ¿habrá sonada,
aunque se cante a tres ni aun a trecientos,
que a la patena y sartas se compare?

Lauso
Eres mujer y sigues tu costumbre.

Clori
Sigo lo que es razón.

Lauso
Será milagro
hallarla en las mujeres.

Clori
¿Qué razones
puede decir la lengua que se mueve
guiada del desdén y de los celos?
Tú eres la causa.

(Entra Angélica, alborotada.)

Angélica
¡Socorredme, cielos!
Si en vuestros pechos mora
misericordia alguna!
Hermosa y agradable compañía:
en mí os ofrece agora
el cielo y la fortuna,
sujeto igual a vuestra cortesía;
que, la desdicha mía
sabida, me asegura
que podrá enterneceros
y al remedio moveros,
si es que le tiene tanta desventura.

Clori	Señora, di: ¿qué tienes?
Angélica	Sin tasa males, y ningunos bienes.

Pero no estoy en tiempo
en que pueda contaros
de mi dolor la parte más pequeña;
ni vuestro pasatiempo
será bien estorbaros
contando el mal que ablandará esta peña.
¿No hay por aquí una breña
donde me esconda, amigos?

Lauso   Luego, ¿quies esconderte?
¿Quién podrá aquí ofenderte?
Angélica Persíguenme dos bravos enemigos.

Corinto   ¿No somos tres nosotros?

Angélica   Ni aun a tres mil no temerán los otros.

Llevadme a vuestras chozas,
mudadme este vestido;
amigos, escondedme.

Lauso   No te espantes.
¿Para qué te alborozas,
si has a parte venido
do se estiman en poco los gigantes?
Montalbanes y Aglantes
se tienen aquí en nada;
porque, ¡por Dios!, si quiero,
que los compre a dinero.
Angélica ¡Hoy acaba mi vida su jornada!
Corinto ¿Quieres que te escondamos?

Rústico   ¿Dice que sí?

Lauso   Pues, ¡sus!, ¿en qué tardamos?
Ven; mudarás de traje
y de lugar y todo.

Angélica   De mis contrarios casi veo la sombra.

Corinto   Parece de linaje,
y su habla y su modo
a mí me admira.

Rústico   Pues a mí me asombra.

([Vanse] Angélica y Lauso.)

                    ¿Sabéis cómo se nombra?

Corinto   Pues, ¿cómo he de sabello?

Rústico   Busca algún nuevo ensayo.

Corinto   Buscaré un papagayo
que me lo diga.

Clori   Ganarás en ello.

Corinto   Ganarás tú patenas.

Clori   Siempre tus burlas para mí son buenas.

([Vanse] todos, y sale Reinaldos.)

Reinaldos   ¿Eres Dafne, por ventura,
que de Apolo va huyendo,
o eres Juno, que procura
librarse del monstruo horrendo
cerrada en la nube oscura?
    ¡Oh selvas de encantos llenas,
do jamás se ha visto apenas
cosa en su ser verdadero,
contar de vosotras quiero
aun las menudas arenas!
    Quizá esta fiera homicida,
que cual sombra desaparece
porque padezca mi vida,
adonde menos se ofrece
la tendrá amor escondida.
    De nuevo vuelvan mis plantas
a buscar entre estas plantas
a la bella fugitiva.
¡Dura ocasión, que yo viva
muriendo de muertes tantas!

(Crujidos de cadenas, ayes y suspiros dentro.)

    ¡Válgame Dios! ¿Qué ruido
es este que suena extraño?
¿Estoy despierto, o dormido?
¿Engáñome o no me engaño?
Otra vez llega al oído.
    De entre estas hojas entiendo
que sale el horrible estruendo.
Mas, ¡ay!, ¿qué boca espantosa,
terrible y extraña cosa,
es aquesta que estoy viendo?
    Mientras más vomitas llamas,

boca horrenda o cueva oscura,
más me incitas y me inflamas.
A ver si en esta aventura
para algún buen fin me llamas.

(Descúbrese la boca de la sierpe.)

Acógeme allá en tu centro,
porque por tus fuegos entro
a tu estómago de azufre.

(Malgesí, vestido como diré, sale por la boca de la sierpe.)

Malgesí   ¿Adónde aquesto se sufre?

Reinaldos   ¡Éste sí que es mal encuentro!
                                     ¿Quién eres?

Malgesí   Soy el Horror,
portero de aquesta puerta,
adonde vive el temor
y la sospecha más cierta
que engendra el cielo de amor.
    Soy ministro de los duelos,
embajador de los celos,
que habitan en esta cueva.

Reinaldos   Pues adonde están me lleva.

Malgesí   Espera, y avisarélos.
    Mas primero has de mirar
las guardas que puestas tiene
en este triste lugar,
y esto es lo que te conviene.

Reinaldos   Comiénzalas a mostrar;
                      que, aunque me muestras cifrados
                en ellas los condenados
                rostros que encierra el abismo,
                seré en este trance el mismo
                que he sido en los regalados.

(Suena dentro música triste, como la pasada del padrón; sale el Temor, vestido como diré, con una tunicela parda, ceñida con culebras.)

Malgesí   Esta figura que ves
                es el Temor sospechoso,
                que engendra ajeno interés,
                impertinente curioso,
                que mira siempre al través;
                  y así, el mezquino se admira
                de cada cosa que mira,
                ora sea mala o buena;
                la verdad le causa pena,
                y tiembla con la mentira.

(Sale la Sospecha, con una tunicela de varias colores.)

                  Ésta es la infame Sospecha,
                de los Celos muy parienta,
                toda de contrarios hecha,
                siempre de saber sedienta
                lo que menos le aprovecha.
                  Aquí nace, y muere allí,
                y torna a nacer aquí;
                tiene mil padres a un punto:
                éste, vivo; aquél, difunto,
                y ella vive y muere así.

(Sale Curiosidad.)

La vana Curiosidad
es ésta que ves presente,
hija de la Liviandad,
con cien ojos en la frente,
y los más con ceguedad.
Es en todo entremetida,
y susténtale la vida
estar contino despierta,
y hace la guarda a una puerta
de muy difícil salida.

(Con una soga a la garganta y una daga desenvainada en la mano, sale la Desesperación, como diré.)

Es la Desesperación
esta espantosa figura,
sobre todas cuantas son,
y, aunque es mala su hechura,
es peor su condición.
Ésta sigue las pisadas
de los Celos, desdichadas,
y anda tan junto con ellos,
que desde aquí puedes vellos
si cesan las llamaradas.

(Suena la música triste, y salen los Celos, como diré, con una tunicela azul, pintadas en ella sierpes y lagartos, con una cabellera blanca, negra y azul.)

Mas veslos, salen: advierte
que cuanto con ellos miras
amenazan triste suerte,
ciertos y luengos pesares
y, al fin, desdichada muerte.
Todos sus secuaces son,

puestos en comparación,
de sus males una sombra
que, puesto que nos asombra,
no desmaya al corazón.
        Toca su mano y verás
en el estado que quedas,
diferente del que estás;
y tal quedes, que no puedas
ni quieras ya querer más.

(Toca los Celos la mano a Reinaldos.)

Reinaldos   ¡Celos, que se me abrasa el pecho
y se cela! ¡En duro estrecho
me pone el señor de Aglante!
¡Celos, quitáosme delante:
basta el mal que me habéis hecho!

Malgesí   ¿Cómo que con la invención
de quien yo tanto fié
no se cela el corazón
de mi primo? Yo no sé
la causa ni la razón.

(Dice de dentro [el espíritu de] Merlín.)

[Espíritu]   Malgesí, ¡cuán poco sabes!
Mas yo haré que no te alabes
de tu invención, aunque extraña.
Pártete desta montaña
antes que la vida acabes.

Malgesí   Ya te conozco, Merlín;
pero yo veré si puedo

ver de mi deseo el fin,
porque no me pone miedo
desa tu voz el retín.

[Espíritu]   A tu primo entre esa yerba
pondrás, que a mí se reserva
y a mi fuente su salud;
que hasta agora su virtud
el cielo en ella conserva.

Malgesí   Volveos por do venistes,
figuras feas y tristes,
que mi primo quedará
adonde esperar podrá
el remedio que no distes.

([Vanse] las sombras.)

                    Y yo, en tanto, buscaré
medio para remedialle,
y creo que lo hallaré.

(Desvía de allí a Reinaldos.)

[Espíritu]   Calla y procura dejalle,
Malgesí.

Malgesí   Así lo haré.

([Vase] Malgesí. Parece a este instante el carro de fuego, de los leones de la montaña, y en él la diosa Venus.)

Venus   De Adonis la compañía
dejo casi de mi grado

por seguir la fantasía
deste espíritu encantado
que en apremiarme porfía.

    Espérame hasta que vuelva,
mi Adonis, y amor resuelva
tu brío, que no le alabo;
mira que es el puerco bravo
de la Calidonia selva.

    Pero, ¿qué puedo hacer
sin mi hijo en este trance,
donde tanto es menester?
Merlín ha errado este lance;
que a veces yerra el saber.

    Mas yo le quiero llamar,
que a las veces suele estar
mezclado entre los pastores,
y entonces son los amores
para mirar y admirar.

    Hijo mío, ¿dónde estáis?
Si acaso la voz oís,
y como a madre me amáis,
decid: ¿cómo no venís?,
que si venís, ya tardáis.

    Mas los músicos acentos
que van rompiendo los vientos
su venida manifiestan.
¡Oh hijo, y cuánto que cuestan
aun tus fingidos contentos!

(Suena música de chirimías; sale la nube, y en ella el dios Cupido, vestido y con alas, flecha y arco desarmado.)

[Cupido]   ¿Qué quieres, madre querida,
que con tal priesa me llamas?

Venus
> Está en peligro una vida,
> ardiendo en tus vivas llamas,
> y en un yelo consumida.
> Los celos, que en opinión
> están que tus hijos son,
> ciego y simple desvarío,
> le tienen el pecho frío
> y abrasado el corazón.
> Conviene que te resuelvas
> en su bien, y que le vuelvas
> en su antigua libertad.

[Cupido]
> Remedio a su enfermedad
> ha de hallar en estas selvas.
> Por tiempo hallará una fuente,
> cuyo corriente templado
> apaga mi fuego ardiente,
> y mi pena enamorada
> vuelve en desdén insolente.
> Beberá Reinaldos della,
> y de Angélica la bella,
> la hermosura que así quiere,
> si agora por vella muere,
> ha de morir por no vella.
> Levanta, guerrero invicto,
> y tiende otra vez el paso
> cerca de aqueste distrito,
> que en él hallarás acaso
> medio a tu mal infinito.
> Aunque has de pasar primero
> trances que callarlos quiero,
> pues decillos no conviene.

Reinaldos   Aquél que celos no tiene,
                    no tiene amor verdadero.

([Vase] Reinaldos.)

Venus   Ya aqueste negocio es hecho.
                    ¿No me dirás, hijo amado,
                    si es invención de provecho
                    andar en traje no usado
                    y el arco roto y deshecho?
                        ¿Quién te le rompió? ¿Y quién pudo
                    cubrir tu cuerpo desnudo,
                    que su libertad mostraba?
                    ¿Quién te ha quitado el aljaba
                    y la venda? Di; ¿estás mudo?

[Cupido]   Has de saber, madre mía,
                    que en la corte donde he estado
                    no hay amor sin granjería,
                    y el interés se ha usurpado
                    mi reino y mi monarquía.
                        Yo, viendo que mi poder
                    poco me podía valer,
                    usé de astucia, y vestíme,
                    y con él entremetíme,
                    y todo fue menester.
                        Quité a mis alas el pelo,
                    y en su lugar me dispuse,
                    a volar con terciopelo;
                    y, al instante que lo puse,
                    sentí aligerar mi vuelo.
                        Del carcaj hicc bolsón,
                    y del dorado arpón
                    de cada flecha, un escudo,

y con esto, y no ir desnudo,
alcancé mi pretensión.
    Hallé entradas en los pechos
que a la vista parecían
de acero o de mármol hechos;
pero luego se rendían
al golpe de mis provechos.
    No valen en nuestros días
las antiguas bizarrías
de Heros ni de Leandros,
y valen dos Alejandros
más que doscientos Macías.

([Sale] Rústico.)

Rústico
            Lauso, acude; y tú, Corinto,
acude, que, a lo que creo,
otro papagayo veo,
o si no, pájaro pinto.
    Acude, Clori, y verás
la verdad de lo que digo;
y trae a esotra contigo,
y más, si quisieres más.

[Cupido]
            Yo sé bien que estos pastores
nos han de dar un buen rato.

([Salen] Lauso, Corinto y Clori, y Angélica, como pastora.)

Lauso
            ¿Tú no miras, insensato,
que aquél es el dios de amores?

Rústico
            Como con alas le vi,
entendí que era alcotán.

Corinto	¡Quítate de aquí, pausán!
Rústico	¿Pues yo qué te hago aquí?
Corinto	No te me pongas delante, que quiero hacer reverencia a este niño.
Rústico	¡Qué inocencia! ¿Niño es éste?
Corinto	Y es gigante.
Rústico	Niñazo le llamo yo, pues ya le apunta el bigote. No os burléis con el cogote. ¡Mal haya quien me vistió!
[Cupido]	No quiero que me hagáis, buena gente, sacrificio, y téngoos en gran servicio la voluntad que mostráis; y en pago quiero deciros la ventura que os espera.
Venus	Harás, hijo, de manera que den vado a sus suspiros.
[Cupido]	Tú, Lauso, jamás serás desechado ni admitido; tú, Corinto, da al olvido tu pretensión desde hoy más;

Rústico, mientras tuviere
riquezas, tendrá contento:
mudará cada momento
Clori el bien que poseyere;
la pastora disfrazada
suplicará a quien la ruega.
Y, esto dicho, el fin se llega
de dar fin a esta jornada.

Lauso   En tanto, Amor, que te vas,
porque algún contento goces,
de nuestras rústicas voces
el rústico acento oirás.
Corinto y Clori, ayudadme;
cantaréis lo que diré.

Clori   ¿Qué hemos de cantar?

Corinto   No sé.

Lauso   Diréis después, y escuchadme.
Venga norabuena
Cupido a nuestras selvas,
norabuena venga.
Sea bienvenido
médico tan grave,
que así curar sabe
de desdén y olvido;
hémosle entendido,
y lo que él ordena
sea norabuena.
Quedan estas peñas
ricas de ventura,
pues tanta hermosura

hoy en ella enseñas.
Brotarán sus breñas
néctar dondequiera.
¡Norabuena [sea]!

(Mientras cantan, se va el carro de Venus, y Cupido en él; y suenen las chirimías, y luego dice Lauso.)

Lauso   Vamos a nuestras cabañas
                        a hacer nuevas alegrías,
                        pues vemos en nuestros días
                        tan ricas estas montañas;
                            y si aquello que desea
                        cada cual no ha sucedido,
                        pues el Amor lo ha querido,
                        decid: «¡Norabuena sea!»

([Dicen] todos: «¡Norabuena sea, sea norabuena!», y [vanse] y salen Bernardo y su Escudero.)

Bernardo   ¿Cómo no viene Marfisa?

Escudero   Detrás quedó de aquel monte.

Bernardo   Pues sobre ese risco ponte,
                        y mira si se divisa.

Escudero   Ella dijo que al momento
                        tras nosotros se vendría.

Bernardo   ¡Extraña es su bizarría!

Escudero   Y su valor, según siento.

Bernardo
A lo menos su arrogancia,
pues la lleva sin parar
a sola desafiar
los Doce Pares de Francia;
   y tengo de acompañalla,
que ya se lo he prometido.

Escudero
En negocio te has metido
harto extraño.

Bernardo
¡Simple, calla!;
   que siempre es mi intención
buscar y ver aventuras.
En París están seguras,
si se traba esta cuestión.
   Y veré dó llegar puede
el valor de aquesta dama.

Escudero
Llegará donde su fama
que a las mejores excede.

Bernardo
¿Que se nos fue Ferraguto?

Escudero
Siempre, en cuanto hacía aquel moro,
le vi guardar un decoro
arrojado y resoluto.
   Después que mató a Argalía,
y en el río le arrojó,
al momento se partió.

Bernardo
Tiene loca fantasía.
   Mas dime: ¿no es el que asoma
aquel gallardo francés
de la pendencia?

Escudero	Sí es,
	y es confaloner de Roma.
Bernardo	¿No es Roldán?
Escudero	Roldán es, cierto.
Bernardo	Agora quiero proballo,
	pues nadie podrá estorballo
	en este solo desierto.
	¡Qué pensativo que viene!
	¿No parece que algo busca?
Escudero	Todo el sentido le ofusca
	amor que en el pecho tiene.
Bernardo	¿Cómo lo sabes?
Escudero	¿No viste
	que la pendencia dejó,
	y tras la dama corrió,
	que allí se mostró tan triste?
Bernardo	¡Ah Roldán, Roldán!
Roldán	¿Quién llama?
Bernardo	Desciende acá y lo verás.
Roldán	¡Oh Angélica!, ¿dónde estás?
Escudero	¿Ves si le abrasa su llama?

Roldán	¿Qué me quieres, caballero?
Bernardo	¿No me conoces?
Roldán	No, cierto.
Escudero	Bien en lo que digo acierto:
	él es de amor prisionero.
	Haré yo una buena apuesta
	que está puesto en tal abismo,
	que no sabe de sí mismo.
Bernardo	¿Hay cosa que iguale a ésta?
	¿Que no me conoces?
Roldán	No.
Bernardo	Pues yo te conozco a ti.
	¿No eres Roldán?
Roldán	Creo que sí.
Escudero	Mirad si lo digo yo.
	En «creo» pone si es él;
	¡cuál le tiene Amor esquivo!
Bernardo	El estar tan pensativo
	nos muestra su mal cruel.
	¡Ah, Roldán, señor, señor!
Roldán	¿Habláis conmigo, por dicha?
Bernardo	¡Ésta si que es gran desdicha!

Escudero	Como desdicha de amor. ¡Extraño embelesamiento!
Roldán	¡Oh Angélica dulce y cara! ¿Adónde escondes la cara, que es gloria de mi tormento? El corazón se me quema, ¡oh Angélica, mi reposo!
Escudero	Deste sermón amoroso, esta Angélica es el tema. Parece que está en ser que puedes desafialle.
Bernardo	Quisiera yo remedialle si lo pudiera hacer.

(Parece Angélica, y va tras ella Roldán; pónese en la tramoya y desparece, y a la vuelta parece la Mala fama, vestida como diré, con una tunicela negra, una trompeta negra en la mano, y alas negras y cabellera negra.)

Roldán	¿No es aquél mi cielo, cielos? Él es, pero ya se encubre; pues, cuando él se me descubre es porque me cubran duelos. Tras ti voy, nueva Atalanta; que, si quiere socorrerme amor, puede aquí ponerme mil alas en cada planta. Mi Sol, ¿dó te transmontaste, y qué sombra te sucede? Mas, bien es que en noche quede el que de tu luz privaste.

Bernardo	De aventuras están llenas
	estas selvas, según veo.
Escudero	Viendo estoy lo que no creo.
Bernardo	¡Calla!
Escudero	No respiro apenas.
Mala fama	Detén el paso, senador romano,

y aun la intención pudieras detenella,
si tras sí, en vuelo presuroso y vano,
no la llevara Angélica la bella.
¿Mas tu consejo y proceder liviano
así la entregas, que cebado en ella
quieres que quede, ¡oh grave desventura!,
tu clara fama para siempre oscura?
   La Mala Fama soy, que tiene cuenta
con las torpezas de excelentes hombres
para entregallas a perpetua afrenta,
y a viva muerte sus subidos nombres.
Mi mano en este libro negro asienta,
borrando la altivez de sus renombres,
los hechos malos que en el tiempo hicieron
cuando de amor la vana ley siguieron.
   Aquí está el grande Alcides, no cortando
de la hidra lernea las cabezas,
sino a los pies de Deyanira hilando,
con mujeriles paños y ternezas.
Está el rey Salomón; mas no juzgando
las diferencias faltas de certezas,
sino dando ocasión por mil razones
que esté su salvación en opiniones.
   Uno de aquel famoso triunvirato

aquí le tengo escrito y señalado,
cuando, a su patria y a su honor ingrato,
cegó en la luz del rostro delicado.
En mitad de la pompa y aparato
del bélico furor, de miedo armado,
los ojos vuelve y ánimo a la nueva
Angélica egipciana que le lleva.

    Es infinito el número que encierran
aquestas negras hojas de los hechos
de aquellos que su nombre y fama atierran,
porque amor sujetó sus duros pechos;
y si tú quieres ser de los que yerran,
aunque están los renglones tan estrechos,
ancho lugar haré para que escriba
tu nombre, y en infamia eterna viva.

(Vuélvese la tramoya.)

Roldán   Yo mudaré parecer,
a pesar de lo que quiero.

Bernardo   ¿Conocéisme, caballero?

Roldán   Pues, ¿no os he de conocer?
  Bien sé que sois español
y que Bernardo os llamáis.

Bernardo   ¡Gracias a Dios que miráis
ya sin nublados el Sol!

Roldán   ¿Habéis estado presente
al caso de admiración?

Bernardo   Sí he estado.

Roldán   ¿Y no es gran razón
                         que yo vuelva diferente,
                            siendo una joya la honra
                         que no se puede estimar?

Bernardo   Verdad es; mas por amar
                         no se adquiere la deshonra.

Roldán   No hay amador que no haga
                         mil disparates, si es fino;
                         mas, ya que he cobrado el tino,
                         y sanado de mi llaga,
                            mis pasos caminarán
                         por diferente sendero.

([Sale] Marfisa.)

Marfisa   Bernardo, ¿no es el guerrero
                         éste a quien llaman Roldán?

Bernardo   Él es. Mas, ¿por qué lo dices?

Marfisa   Porque su fama me fuerza
                         a probar con él mi fuerza,
                         porque tú la solenices
                            y veas qué compañero
                         te ha dado en mí la fortuna.

Roldán   ¡No hay, cual Angélica, alguna
                         en todo nuestro hemisfero!

Escudero   ¡Por Dios, que se ha vuelto al tema!

Roldán   Falsa fue aquella visión,
                    y de nuevo el corazón
                    parece que se me quema.

(Aparece otra vez Angélica, y huye a la tramoya, y vuélvese, y parece la
Buena fama, vestida de blanco, con una corona en la cabeza, alas pintadas
de varias colores y una trompeta.)

                    ¿Has tornado a amanecer,
                    Sol mío? Pues ya te sigo.

Escudero   Poco ha durado el amigo
                    en su honroso parecer.

Marfisa   Bernardo, ¿qué es lo que veo?

Bernardo   Calla y escucha, y verás
                    misterios.

Escudero   No digas más,
                    que quiere hablar, según creo.

Buena fama   Pues temor de la infamia no ha podido
                    tus deseos volver a mejor parte,
                    vuélvalos el amor de ser tenido,
                    en todo el orbe por segundo Marte.
                    En este libro de oro está esculpido,
                    como en mármol o en bronce, en esta parte,
                    tu nombre y el de aquellos esforzados
                    que dieron a las armas sus cuidados.
                        Aquí, con inmortal, alto trofeo,
                    notado tengo en la verdad que sigo,
                    aquel gran caballero Macabeo,
                    guía del pueblo que de Dios fue amigo.

79

Casi a su lado el nombre escrito veo
de aquel batallador que fue enemigo
de la pereza infame, del que, en suma,
puso en igual balanza, lanza y pluma.

    Tengo otros mil que no puedo contarte,
porque el tiempo y lugar no lo concede,
y porque yo le tenga de avisarte
lo que mi voz con mis escritos puede.
Della verás, y dellos levantarte
sobre el altura que aun al cielo excede,
si dejas de seguir del niño ciego
la blandura y regalo y dulce fuego.

    Huye, Roldán, de Angélica, y advierte
que, en seguir la belleza que te inflama,
la vida pierdes y granjeas la muerte,
perdiendo a mí, que soy la Buena Fama.
Deben estas razones convencerte,
pues Marte a nombre sin igual te llama,
Amor a un abatido. En paz te queda,
y lo que te deseo te suceda.

(Vuélvese la tramoya.)

Roldán   Bien sé que de Malgesí
son todas estas visiones.

Bernardo   Pues dime: ¿a qué te dispones?

Marfisa   De espanto no estoy en mí.
  Mal dije; de admiración,
que espanto jamás le tuve.

Roldán   Corto de manos anduve
con una y otra visión;

si pedazos las hiciera,
no me dejaran confuso;
mas volverán, que es su uso
asaltarme dondequiera.
    Respondiendo, pues, Bernardo,
a lo que me preguntaste,
digo que no hay mar que baste
templar el fuego en que ardo.
    Y quedaos en paz los dos,
porque ir de aquí me conviene.

Marfisa   ¡Extremado brío tiene!

Bernardo   Dios vaya, Roldán, con vos.

Marfisa   Vilo, y no puedo creello:
tal es lo que visto habemos.

Bernardo   Por el camino podremos
hacer discurso sobre ello.

Escudero   En fin: ¿vamos a París?

Bernardo   ¿Ya no te he dicho que sí?

Marfisa   Yo, a lo menos.

Escudero   Por allí
hay camino, si advertís.

Bernardo   Los caballos, ¿dónde están?

Escudero   Aquí junto.

Bernardo	Ve por ellos.
Escudero	Allá subiréis en ellos.
Marfisa	¡Pensativo iba Roldán!

Fin de la segunda jornada

Jornada tercera

(Salen Lauso y Corinto, pastores.)

Lauso   En el silencio de la noche, cuando
ocupa el dulce sueño a los mortales,
la pobre cuenta de mis ricos males
estoy al cielo y a mi Clori dando.
    Y, al tiempo cuando el Sol se va mostrando,
por las rosadas puertas orientales,
con gemidos y acentos desiguales
voy la antigua querella renovando.
    Y cuando el Sol de su estrellado asiento
derechos rayos a la tierra envía,
el llanto crece, y doblo los gemidos.
    Vuelve la noche, y vuelvo al triste cuento,
y siempre hallo en mi mortal porfía
al cielo sordo, a Clori sin oídos.

Corinto   ¿Para qué tantas endechas?
Lauso amigo, déjalas,
pues mientras más dices, más
siempre menos te aprovechas.
    Yo tengo el corazón negro
por Clori y por sus desdenes;
mas, pues no me vienen bienes,
ya con los males me alegro.
    Clori y la nueva pastora,
ajenas de nuestros males,
con voces claras e iguales,
venían cantando agora.
    Al encuentro les salgamos
y ayudemos su canticio;
que tanto llorar es vicio,

si bien lo consideramos.

Lauso   ¿Viene Rústico con ellas?

Corinto   No se les quita del lado.

Lauso   ¡Ah pastor afortunado!
Ni quiero oíllas, ni vellas.

Corinto   Eso ya no puede ser,
que veslas, vienen allí;
canta por amor de mí.

Lauso   Procúralas de entender.

([Salen] Clori, cantando, y Angélica y Rústico con ellas.)

[Clori]   ¡Bien haya quien hizo
cadenitas, cadenas;
bien haya quien hizo
cadenas de amor!
¡Bien haya el acero
de que se formaron,
y los que inventaron
amor verdadero!
¡Bien haya el dinero
de metal mejor;
bien haya quien hizo
cadenas de amor!

Lauso   ¡Bien haya el amante
que a tantos vaivenes,
iras y desdenes,
firme está y constante!

                         Éste se adelante
                         al rico mayor.
                         ¡Bien haya quien hizo
                         cadenas de amor!

Rústico   ¡Oh, quién supiera cantar!

Corinto   ¿Que no lo sabes, pastor?

Rústico   Ni contralto ni tenor;
                         que estoy para reventar.

Corinto   Mas, ¿va que tienes agallas?
                         Muestra: abre bien la boca,
                         que esta cura a mí me toca;
                         abre más, si he de curallas.
                            Ven acá. ¡Mal hayas tú
                         y el padre que te engendró!

Rústico   Pues, ¿qué culpa tengo yo?

Corinto   ¡Ofrézcote a Bercebú!
                            ¿Y no has caído en la cuenta
                         de que tenías agallas?

Rústico   Pues, ¿hay más sino sacallas?

Clori   Esta burla me contenta;
                            que, puesto que bien le quiero,
                         que le burlen me da gusto.

Corinto   Yo te sacaré, a tu gusto,
                         o cantor o pregonero.
                            ¿Tienes algún senojil?

Rústico	Una ligapierna tengo, y buena.
Corinto	Ya me prevengo a hacerte cantor sutil. Aquésta poco aprovecha; que, para este menester, izquierda tiene de ser, que no vale la derecha. ¿Qué me darás, y te haré cantor subido y notable?
Rústico	En la paga no se hable, que un novillo te daré. La liga izquierda es aquésta: tómala, y pon diligencia en mostrar aquí tu ciencia.
Corinto	Dios sabe cuánto me cuesta. Mas con esta liga y lazo saldré muy bien con mi intento.
Rústico	Hacia esta parte las siento.
Corinto	Déjame atar; quita el brazo. ¿Con qué voz quieres quedar: tiple, contralto o tenor?
Rústico	Contrabajo es muy mejor.
Corinto	Ése no te ha de faltar mientras tratares conmigo. Ten paciencia, sufre y calla;

ya se ha quebrado una agalla.

Rústico   ¡Que me ahogas, enemigo!

Corinto   Contralto quedas, sin duda,
que la voz lo manifiesta.
.......................[-esta]
pues aun ahora está en muda;
  a otro estirón que le dé,
estará como ha de estar.

Rústico   Ladrón, ¿quiéresme ahogar?

Corinto   No lo sé; mas probaré.

Clori   ¡Acaba; la burla baste!

Rústico   ¡A mí semejantes burlas!

Corinto   Rústico, ¿de mí te burlas,
que no me pagas y vaste?
  ¡Pues a fe que has de llevar
comida y sobrecomida!
Todo, amigo, se comida
a ayudarme a este cantar:

  Corrido va el abad,
por el cañaveral.
Corrido va el abad,
corrido va y muy mohíno,
porque, por su desatino,
cierto desastre le vino
que le hizo caminar
por el cañaveral.

Confiado en que es muy rico,
no ha caído en que es borrico;
y por aquesto me aplico
a decirle este cantar:
por el cañaveral...

(Parece Reinaldos por la montaña.)

Lauso   La burla ha estado, a lo menos
                         como al sujeto conviene.

Angélica   ¡Otra vez mi muerte viene!
                         ¡Abrid, tierra, vuestros senos
                            y encerradme en ellos luego!

Lauso   ¿De qué, pastora, te espantas?

Angélica   ¡A vosotras, tiernas plantas,
                         mi vida o mi muerte entrego!

([Vase] Angélica huyendo.)

Clori   Lauso, vámonos tras ella,
                         a ver qué le ha sucedido.

Lauso   A tu voluntad rendido
                         estoy siempre, ingrata bella.

([Vanse] todos, y quédase Corinto.)

Corinto   Quedar quiero, a ver quién es
                         este pensativo y bravo.
                         El ademán yo le alabo;
                         mas, ¿si es paladín francés?

Reinaldos	O le falta al Amor conocimiento,
	o le sobra crueldad, o no es mi pena
	igual a la ocasión que me condena
	al género más duro de tormento.
	Pero si Amor es dios, es argumento
	que nada ignora, y es razón muy buena
	que un dios no sea cruel. Pues, ¿quién ordena
	el terrible dolor que adoro y siento?
	Si digo que es Angélica, no acierto;
	que tanto mal en tanto bien no cabe,
	ni me viene del cielo esta ruina.
	Presto habré de morir, que es lo más cierto;
	que, al mal de quien la causa no se sabe,
	milagro es acertar la medicina.
Corinto	¡Ta, ta! De amor viene herido;
	bien tenemos que hacer.
Reinaldos	¿Que no quieres parecer,
	oh bien, por mi mal perdido?
	¿Has visto, pastor, acaso,
	por entre aquesta espesura,
	un milagro de hermosura
	por quien yo mil muertes paso?
	¿Has visto unos ojos bellos
	que dos estrellas semejan,
	y unos cabellos que dejan,
	por ser oro, ser cabellos?
	¿Has visto, a dicha, una frente
	como espaciosa ribera,
	y una hilera y otra hilera
	de ricas perlas de Oriente?
	Dime si has visto una boca

que respira olor sabeo,
y unos labios por quien creo
que el fino coral se apoca.

Di si has visto una garganta
que es coluna deste cielo,
y un blanco pecho de yelo,
do su fuego Amor quebranta;

y unas manos que son hechas
a torno de marfil blanco,
y un compuesto que es el blanco
do Amor despunta sus flechas.

Corinto   ¿Tiene, por dicha, señor,
ombligo aquesa quimera,
o pies de barro, como era
la de aquel rey Donosor?

Porque, a decirte verdad,
no he visto en estas montañas
cosas tan ricas y extrañas
y de tanta calidad.

Y fuera muy fácil cosa,
si ellas por aquí anduvieran,
por invisibles que fueran
verlas mi vista curiosa.

Que una espaciosa ribera,
dos estrellas y un tesoro
de cabellos, que son oro,
¿dónde esconderse pudiera?

Y el sabeo olor que dices,
¿no me llevara tras sí?
Porque en mi vida sentí
romadizo en mis narices.

Mas, en fin, decirte quiero
lo que he hallado, y no ser terco.

Reinaldos	¿Qué son? Habla.
Corinto	Tres pies de puerco y unas manos de carnero.
Reinaldos	¡Oh hi de puta, bellaco!; pues, ¿con Reinaldos de burlas?
Corinto	De mis donaires y burlas siempre tales premios saco.

([Vase] huyendo Corinto. Suena dentro esta voz de Angélica.)

Angélica	¡Socorredme, Reinaldos, que me matan! ¡Mira que soy la sin ventura Angélica!
Reinaldos	La voz es ésta de mi amada diosa. ¿Adónde estás, tesoro de mi alma, única al mundo en hermosura y gracia? La triste barca del barquero horrendo pasaré por hallarte, y al abismo, cual nuevo Orfeo, bajaré llorando y romperé las puertas de diamante.
Angélica	¡Moriré si te tardas; date prisa!
Reinaldos	¿Qué camino he de hacer, amada mía? ¿Estás en las entrañas de la tierra, o enciérrante estas peñas en su centro? Doquier que estás te buscaré, viviendo, o ya desnudo espíritu sin carne.

(Salen dos Sátiros que traen a Angélica como arrastrando, con un cordel a la garganta.)

Angélica   ¡Socorredme, Reinaldos, que me matan!

Reinaldos   No corráis más; volved, ligeras plantas,
que no os va menos que la vida en esto.
¡Miserable de mí! ¿Quién me detiene?
¿Quién mis pies ha clavado con la tierra?
¡Verdugos infernales, deteneos!
¡No añudéis el cordel a la garganta,
que es basa donde asienta y donde estriba
el cielo de hermosura sobrehumana!
¡Miserable de mí cien mil vegadas,
que no puedo moverme ni dar paso!
Canalla infame, ¿para qué os dais prisa
a acabar esa vida de mi vida,
a oscurecer el Sol que alumbra el mundo?
¡Tate, traidores, que apretáis un cuello
adonde el amor forma tales voces,
que el mal desmenguan y la gloria aumentan
del venturoso que escucharlas puede!
¡Oh, que la ahogan! ¡Socorredla, cielos,
pues yo no puedo! ¡Oh sátiros lascivos!
¿Cómo tanta belleza no os ablanda?

(Vanse los Sátiros.)   Ya dieron fin a su cruel empresa;
muerta queda mi vida, muerta queda
la esperanza que en pie la sostenía:
ahora os moveré, pues, sin provecho;
otra vez y otras mil soy miserable;
ahora, pies, me llevaréis do vea
la imagen de la muerte más hermosa
que vieron ni verán ojos humanos;
¡oh pies, al bien enfermos y al mal sanos!

(Llégase Reinaldos a Angélica.)

[Reinaldos]   ¿Es posible que ante mí
                    te mataron, dulce amiga?
                    ¿Y es posible que se diga
                    que yo no te socorrí?
                        ¿Que es posible que la muerte
                    ha sido tan atrevida,
                    que acabó tu dulce vida
                    con trance amargo y tan fuerte?
                        ¿Y que mi ventura encierra
                    tanta desventura y duelo,
                    que hoy tengo de ver mi cielo
                    puesto debajo la tierra?
                        ¿Qué antropófagos, qué scitas
                    contra ti se conjuraron,
                    y qué manos te acabaron
                    sacrílegas y malditas?
                        Sin duda, el infierno todo
                    fue en tan desdichada empresa,
                    que así lo afirma y confiesa
                    de tu muerte el triste modo.
                        Mas yo le moveré guerra,
                    si es que me alcanza la vida
                    en tu triste despedida
                    para vivir en la tierra.
                        ¿Yo vivir? Démoste agora
                    sepultura, ¡oh ángel bello!,
                    y después me veré en ello
                    cuando se llegue la hora.
                        Será de azada esta daga,
                    que abrirá la estrecha fuesa,
                    y daráse en ello priesa,

porque ha de hacer otra llaga.
    Brazo en valor sin segundo,
trabajad con entereza
para enterrar la riqueza
mayor que ha tenido el mundo.

    Vuestro afán, y no mi celo,
parece que en esto yerra,
si he de sacar tanta tierra
que venga a cubrir el cielo.

    La tierra te sea liviana,
extremo de la beldad
que crió en cualquier edad
la naturaleza humana.

    El tesoro desentierra
el que halla algún tesoro;
mas yo sigo otro decoro,
que cubro el mío con tierra.

    Esta parte es concluida;
otra falta, y concluiráse,
si bien el alma costase,
como ha de costar la vida.

    Otra sepultura esquiva
abriréis, daga, en mi pecho,
con que daréis fin a un hecho
que por luengos siglos viva.

    Mi cuerpo, mi dulce y bella,
quede en esta tierra dura
cual piedra de sepultura,
que dice quién yace en ella.

    ¡Ea, cobarde francés,
morid con bríos ufanos,
pues no os ataron las manos
como os ligaron los pies!

(Vase a dar Reinaldos con la daga; sale Malgesí en su mesma figura y detiénele el brazo, diciendo.)

Malgesí   No hagas tal, hermano amado;
porque, en este desconcierto,
antes que no verte muerto
quiero verte enamorado.
   Aquesta enterrada y muerta
no es Angélica la bella,
sino sombra o imagen della,
que su vista desconcierta.
   Para volverte en tu ser,
hice aquesta semejanza;
que el amor sin esperanza
no suele permanecer.
   Mas, pues es tal tu locura,
que aun sin ella perseveras,
mira, para que no mueras,
vacía la sepultura.

Reinaldos   ¿Que estos sobresaltos das
al que tienes por hermano?
Hechicero, mal cristiano;
mas tú me lo pagarás.
   Pues lo sabes, ¿por qué gustas
de tratarme deste modo?

Malgesí   Porque te extremas en todo,
y a ningún medio te ajustas.
   Ven, y pondréte en la mano
a Angélica, y no fingida.

Reinaldos   Seréte toda mi vida
humilde, obediente hermano.

([Vanse] todos. Suena una trompeta bastarda, lejos, y entran en el teatro [el emperador] Carlomagno y Galalón.)

Emperador	¿Qué trompeta es la que suena?
	¿Si es acaso otra aventura
	que nos ponga en desventura,
	que la otra no fue buena?
	Bien lo dijo Malgesí;
	mas yo, incrédulo y cristiano,
	tuve su aviso por vano,
	y crédito no le di.
	Otra vez suena. ¿No habrá
	quien nos avise qué es esto?

Galalón   Yo te lo diré bien presto.

Emperador   Mejor éste lo dirá.

([Sale] un Paje.)

Paje	Por San Dionís han entrado
	dos apuestos caballeros
	que parecen forasteros,
	pero de esfuerzo sobrado:
	uno mayor y robusto,
	otro mancebo y galán.

Galalón   ¿Dónde llegan?

Paje	Llegarán.
	Mas miradlos, si os da gusto,
	que veis do asoman allí.

([Salen] Marfisa y Bernardo, a caballo.)

Emperador   ¡Bravo ademán y valiente!

Galalón   ¡Qué gran número de gente
que traen los dos tras de sí!

Emperador   Pondré yo que es desafío.

Galalón   El continente así muestra.

Emperador   ¿Dónde está agora la diestra
de Roldán?

Galalón   ¡Ah, señor mío!
¿Faltan en tu corte iguales
a Roldán?

Emperador   Yo no lo sé.
Calla, que hablan.

Galalón   Sí haré.

Emperador   Si dijeras desiguales...

Marfisa   Escúchame, Carlomagno,
que yo hablaré como alcance
mi voz hasta tus orejas,
por más que estemos distantes;
y denme también oídos
tus famosos Doce Pares,
que yo les daré mis manos
cada y cuando que gustaren.
Una mujer soy que encierra

deseos en sí tan grandes,
que compiten con el cielo,
porque en la tierra no caben.
Soy más varón en las obras
que mujer en el semblante;
ciño espada y traigo escudo,
huigo a Venus, sigo a Marte;
poco me curo de Cristo;
de Mahoma no hay hablarme;
es mi dios mi brazo solo,
y mis obras, mis Penates.
Fama quiero y honra busco,
no entre bailes ni cantares,
sino entre acerados petos,
entre lanzas y entre alfanjes.
Y es fama que las que vibran
y las que ciñen tus Pares
vuelan y cortan más que otras
regidas de brazos tales.
Por probar si esto es verdad,
vivos deseos me traen,
y a todos los desafío,
pero a singular certamen;
y, para que no se afrenten
de una mujer que esto hace,
mi nombre quiero decilles:
soy Marfisa, y esto baste.

Bernardo   En el padrón de Merlín
va Marfisa a aposentarse,
donde esperará tres días
el deseado combate;
y si tantos acudieren
que no puedan despacharse,

ella desde aquí me escoge
y elige por su ayudante.
Soy caballero español
de prendas y de linaje,
y quizá el mismo deseo
de Marfisa aquí me trae.
Y entended que el desafío
ha de ser a todo trance,
porque grandes honras deben
comprarse a peligros grandes.

Marfisa   Decid que deje Roldán
amorosos disparates,
que con Venus y Cupido
se aviene mal el dios Marte.
Lo que el español ha dicho
lo confirmo; y, porque es tarde
y el padrón no está muy cerca,
el Dios que adoráis os guarde.

Emperador   ¿Hay, por dicha, Galalón,
en París otros Roldanes?
¿Hay otro alguno que pueda
con Reinaldos igualarse?
Si los hay, ¿cómo han callado,
oyendo desafiarse?
¡Oh, mal hubieses, Angélica,
que tantos males me haces!
Colgados de tu hermosura,
todos mis valientes traes;
solo han dejado a París,
solo, por ir a buscarte.

Galalón   Mientras vive Galalón,

ninguno podrá agraviarte;
y mañana con las obras
haré mis dichos verdades.
Dame licencia, señor,
porque al punto vaya a armarme.

Emperador   No hay para qué me la pida
quien es de los Doce Pares.

([Vanse. Salen] Ferraguto y Roldán, riñendo, con las espadas desnudas.)

Roldán   Tú le mataste, y fue alevosamente,
moro español, sin fe y sin Dios nacido.

Ferraguto   Tu falsa lengua, como falso, miente,
y mentirá mil veces, y ha mentido.

Roldán   ¿No fue maldad echarle en la corriente
del río?

Ferraguto   Muy bien puede del vencido
hacer el vencedor lo que quisiere.

Roldán   De tu falso argüir eso se infiere.
No te retires, bárbaro arrogante,
que quiero castigar tu alevosía.

Ferraguto   Si me retiro, fanfarrón de Aglante,
el paso sí, la voluntad no es mía.
Por Mahoma te juro, y Trivigante,
que no sé quién me impele y me desvía
de tu presencia, ¡oh paladín gallardo!

Roldán   Con ésta acabarás, que ya me tardo.

(Retírase Ferraguto, y, puesto en la tramoya, al tirarle Roldán una estocada, se vuelva la tramoya, y parece en ella Angélica, y Roldán, echándose a los pies della; al punto que se inclina, se vuelve la tramoya, y parece uno de los sátiros, y hállase Roldán abrazado con sus pies.)

Roldán   ¿Qué milagros son éstos, Dios inmenso?
                          ¿Es piedad del Amor ésta que veo?
                          Arrójome a tus pies, y en esto pienso
                          que satisfago en todo a mi deseo.
                          Coge, amada enemiga, el fruto y censo
                          que estos labios te dan, y por trofeo
                          ponga Amor en su templo que un Orlando
                          está tus bellas plantas adorando.
                              De ámbar pensé, mas no es sino de azufre,
                          el olor que despiden estas plantas.
                          ¿Adónde tanto engaño, Amor, se sufre,
                          o quién puede formar visiones tantas?
                          Ésta veré si esta estocada sufre.

(Vuélvese la tramoya, y parece Malgesí en su forma.)

Malgesí   Primo, ¿que no te enmiendas ni te espantas?

Roldán   ¡Oh Malgesí! Hazaña ha sido aquésta
                          que mi amor y tu ciencia manifiesta.
                              Mas, dime: ¿de qué sirven tantas pruebas
                          para ver que estoy loco y que me pierdo,
                          sabiendo que el estilo que tú llevas
                          ni le cree ni le admite el hombre cuerdo?

Malgesí   Ven conmigo, Roldán; daréte nuevas
                          de tu bien por tu mal.

Roldán   ¡Oh sabio acuerdo!
                              Llévame, primo, en presuroso vuelo
                              deste infierno de ausencia a ver mi cielo.

Malgesí   Arrima las espaldas a esa caña,
                              los ojos cierra y de Jesús te olvida.
                              ....[-aña]
                              ....[-ida]

Roldán   Grave cosa me pides.

Malgesí   Date maña,
                              que importa a tu contento esta venida.

Roldán   ¿Estoy bien puesto?

Malgesí   Bien.

Roldán   Jesús me valga,
                              aunque jamás con esta empresa salga.

(Vuélvese la tramoya con Roldán; salen Bernardo y Marfisa, y suena dentro
una trompeta.)

Bernardo   Trompeta y caballos siento,
                              y, según mi parecer,
                              paladín debe de ser
                              que viene al padrón contento,
                                 y seguro de alcanzar
                              de ti, Marfisa, el trofeo.

Marfisa   A pie viene, a lo que veo.

Bernardo   Pues, ¿quién le hizo apear?

Marfisa	Lo que a nosotros. ¿No ves
	que aquí caballo no llega?

Bernardo	Sin duda, es de la refriega;
	que me parece francés.

([Sale] Galalón, armado de peto y espaldar.)

Galalón	Sálveos Dios, copia dichosa,
	tan bella como valiente.

Bernardo	Dios te salve y te contente.

Marfisa	¡Salutación enfadosa!
	Sálveme mi brazo a mí,
	y conténteme mi fuerza.

Galalón	Vuestro desafío me fuerza
	y mueve a venir aquí.

Marfisa	Dime si eres paladín.

Galalón	Paladín digo que soy.

Bernardo	¿Partiste de París hoy?

Galalón	Anoche.

Bernardo	Pues, ¿a qué fin?

Galalón	No más de a ver si hay qué ver
	en ti y la bella Marfisa.

Bernardo	Tú te has dado buena prisa.
Galalón	Conviene, porque hay que hacer.
Marfisa	¿Qué tienes que hacer?
Galalón	Venceros

y dar a París la vuelta.

Bernardo	Si cual tienes lengua suelta

tienes agudos aceros,
   bien saldrás con tu intención.
Mas, dime: ¿cómo es tu nombre?

Galalón	Diréoslo, porque os asombre:

es mi nombre Galalón,
   el gran señor de Maganza,
de los Doce el escogido.

Bernardo	Días ha que yo he sabido

que eres una buena lanza,
   un crisol de la verdad,
un abismo de elocuencia,
un imposible de ciencia,
un archivo de lealtad.

Marfisa	Contra la razón te pones,

Bernardo, porque la fama
por todo el mundo derrama
que éste es saco de traiciones,
   y aun enemigo mortal
de todos los paladines,
malsín sobre los malsines,
mentiroso y desleal,

y, sobre todo, cobarde.

Galalón   A la prueba me remito,
y vengamos al conflito,
que se va haciendo tarde.
    Empero, si queréis iros
sin comenzar esta empresa,
yo os juro y hago promesa
de eternamente serviros
    y de no desenvainar
en contra vuestra mi espada.

Bernardo   Promesa calificada
y muy digna de estimar.

Marfisa   Dame la mano, que quiero
aceptarte por amigo.

Galalón   Doyla, porque siempre sigo
proceder de caballero.
   ¡Cuerpo de quien me parió,
que los huesos me quebrantas!

Marfisa   Pues, ¿desto poco te espantas?

Galalón   De menos me espanto yo.
  De modo vas apretando,
que se acerca ya mi fin.

Bernardo   ¿Un famoso paladín
ansí se ha de estar quejando
    porque le dé una doncella
la mano por gran favor?

Galalón	¿Ésta es doncella? Es furor,
	es rayo que me atropella,
	es de mi vida el contraste,
	pues que ya me la ha quitado.
Marfisa	¡Por Dios, que se ha desmayado!
Bernardo	¿Cómo, y tanto le apretaste?
Marfisa	La mano le hice pedazos.
Bernardo	¡Oh desdichado francés!
Marfisa	Quitarle quiero el arnés,
	pues viene sin guardabrazos,
	y ponerle por trofeo
	colgado de alguna rama,
	con un mote que su fama
	descubra, como deseo.
	Pero fáltanme instrumentos
	con que ponerlo en efecto.

(Malgesí dice de dentro.)

Malgesí	No faltarán, te prometo,
	pues sé tus buenos intentos.
	Esos ministros que envío
	cumplirán tu voluntad.
Bernardo	¡Oh, qué extraña novedad!
Marfisa	¿Quién sabe el intento mío?
	Los versos dicen lo mismo
	que imaginé en mi intención.

¿Si llevan a Galalón
estos diablos al abismo?

Galalón Ya yo entiendo que aquí andas;
a ti digo, Malgesí.
Di: ¿no hallaste para mí
otro coche ni otras andas?

(Llévanle los sátiros en brazos a Galalón.)

Marfisa Di cómo dice el trofeo;
quizá yo no lo he entendido.

Bernardo Agudo está y escogido.

Marfisa Léelo en voz.

Bernardo En voz lo leo:

Estar tan limpio y terso aqueste acero,
con la entereza que por todo alcanza,
nos dice que es, y es dicho verdadero,
del señor de la casa de Maganza.

Estas selvas está cierto
que están llenas de aventuras.

Marfisa Quedado habemos a oscuras,
por el Sol que se ha encubierto;
y, entre tanto que él visita
los antípodas de abajo,
demos al sueño el trabajo
que el reposo solicita.
A esta parte dormiré;

tú, Bernardo, duerme a aquélla,
hasta que salga la estrella
que a Febo guarda la fe.
    Y si en aquestos tres días
no vinieren paladines,
buscaremos otros fines
de más altas bizarrías.

Bernardo
                    Bien dices, aunque el sosiego
pocas veces le procuro,
con todo, a este peñón duro
el sueño y cabeza entrego.

(Échase a dormir. Sale por lo hueco del teatro Castilla, con un león en la una mano, y en la otra un castillo.)

Castilla
                    ¿Duermes, Bernardo amigo,
y aun de pesado sueño,
como el que de cuidados no procede?
¿Huyes de ser testigo
de que un extraño dueño
tu amada patria sin razón herede?
¿Esto sufrirse puede?
Advierte que tu tío,
contra todo derecho,
forma en el casto pecho
una opinión, un miedo, un desvarío
que le mueve a hacer cosa
ingrata a ti, infame a mí, y dañosa.
    Quiere entregarme a Francia,
temeroso que, él muerto,
en mis despojos no se entregue el moro,
y está en esta ignorancia
de mi valor incierto

y dese tuyo sin igual que adoro.
No mira que el decoro
de animosa y valiente,
sin cansancio o desmayo,
que me infundió Pelayo,
he guardado en mi pecho eternamente,
y he de guardar contino,
sin que pavor le tuerza su camino.

    Ven, y con tu presencia
infundirás un nuevo
corazón en los pechos desmayados;
curarás la dolencia
del rey, que, ciego al cebo
de pensamientos en temor fundados,
sigue vanos cuidados,
tan en deshonra mía,
que, si tú no me acorres
y luego me socorres,
huiré la luz del Sol, huiré del día,
y en noche eterna oscura
lloraré sin cesar mi desventura.

    Por oculto camino
del centro de la tierra
te llevaré, Bernardo, al patrio suelo.
.................[-ino]
propicio tuyo encierra
tú en tu brazo tu honra y mi consuelo.
Ven, que el benigno Cielo
a tu favor se inclina.
Llevaré a tu escudero
por el mismo sendero.
Y tú, sin par, que aspiras a divina,
procura otras empresas,
que es poco lo que en éstas interesas.

                    Nadie en esta querella
            batallará contigo,
            que tras sí se los lleva la hermosura
            de Angélica la bella,
            común fiero enemigo
            de los que en esto ponen su ventura.
            Y está cierta y segura
            que dentro en pocos años
            verás extrañas cosas,
            amargas y gustosas,
            engaños falsos, ciertos desengaños.
            Y, en tanto, en paz te queda,
            y así cual lo deseo te suceda.

([Vase] Castilla con Bernardo por lo hueco del teatro.)

Marfisa   Selvas de encantos llenas,
            ¿qué es aquesto que veo?
            ¿Qué figuras son éstas que se ofrecen?
            ¿Son malas o son buenas?
            Entre creo y no creo,
            me tienen estas sombras que parecen:
            admiraciones crecen
            en mí, no ningún miedo.
            Lleváronme a Bernardo,
            y aquí sin causa aguardo.
            Ir quiero a do mostrar mi esfuerzo puedo.
            Vuelto me he en un instante;
            derecha voy al campo de Agramante.

([Salen] Corinto, pastor, y Angélica, como pastora.)

Corinto   Digo que te llevaré,
            si fuese a cabo del mundo.

Angélica	En tu valor, sin segundo, sé bien que bien me fié.
Corinto	Haya güelte, y tú verás si te llevo do quisieres.
Angélica	Mira tú cuánto pudieres, que eso mismo gastarás; que tengo joyas que son de valor y parecer.
Corinto	Y, ¿adónde se han de vender?
Angélica	Ahí está la confusión.
Corinto	No reparar en el precio: que, cuando hay necesidad, es punto de habilidad dar la cosa a menos precio. Y más, que todo lo allana un buen ingenio cursado. Y, ¿cuándo has determinado que partamos?
Angélica	Yo, mañana.
Corinto	Daremos de aquí en Marsella, y allí nos embarcaremos, y el camino tomaremos para España, rica y bella. Y, en saliendo del Estrecho, tomar el rumbo a esta mano por el mar profundo y cano

que tantas burlas me ha hecho.
  Digo que si naves hay,
y en el viento no hay reveses,
en menos de trece meses
yo te pondré en el Catay.
  ¿Quieres más?

Angélica   Eso me basta,
si así lo ordenase el Cielo.

Corinto   Aunque me ves deste pelo,
soy marinero de casta,
  y nado como un atún,
y descubro como un lince,
y trabajo más que quince,
y más que veinte, y aún.
  Pues, en el guardar secreto,
haz cuenta que mudo soy.
¿Quieres que nos vamos hoy?

([Sale] Reinaldos.)

Angélica   ¡Oh nuevo y terrible aprieto!
  Si éste me conoce, es cierta
mi muerte y mi sepultura.

Corinto   Pues encubre tu hermosura,
si es que puede estar cubierta.
  Pero dime: ¿que éste es
el francés del otro día?
¡Adiós, pastoraza mía,
que está mi vida en mis pies!

(Huye Corinto.)

Angélica	No es acertado esperalle; muy mejor será huir.
Reinaldos	¿Sabrásme, amiga, decir, de un rostro, donaire y talle que es, más que humano, divino? Alza el rostro. ¿A qué te encubres, que parece que descubres un no sé qué peregrino? Alza a ver. ¡Oh santos cielos! ¿Qué es esto que ven mis ojos? ¡Oh gloria de mis enojos, oh quietud de mis recelos! ¿Quién os puso en este traje? ¿Huísos? Pues, ¡vive Dios!, ingrata, que he de ir tras vos hasta que al infierno baje, o hasta que al cielo me encumbre, si allá os pensáis esconder; que el tino no he de perder, pues va delante tal lumbre.

(Corre Angélica y entra por una puerta, y Reinaldos tras ella; y, al salir por otra, haya entrado Roldán, y encuentra con ella.)

Roldán	De mi dolor conmovido, te ha puesto el cielo en mis brazos.
Reinaldos	Suelta, que te haré pedazos, amante descomedido; suelta, digo, y considera la grosería que haces.

Roldán	¿Para qué turbas mis paces,
	sombra despiadada y fiera?
	¿No ves que esta prenda es mía
	de razón y de derecho?
Reinaldos	¡Por Dios, que te pase el pecho!
Angélica	¡Suerte airada, estrella impía!
Reinaldos	¿Fíaste en ser encantado,
	que no quieres defenderte?
Roldán	No fío sino en tenerte
	por un simple enamorado.
Reinaldos	¡Mataréte, vive el cielo!
Roldán	Si puedes, luego me acaba.
Reinaldos	¿Hay desvergüenza tan brava?
Roldán	¿Hay tan necio y simple celo?
Angélica	¿Hay hembra tan sin ventura
	como yo? Dúdolo, cierto.
	¡Suelta, cruel, que me has muerto
	a manos de tu locura!
Reinaldos	¡Suéltala, digo!
Roldán	¡No quiero!
Reinaldos	¿Defiéndete, pues!

Roldán	¡Ni aqueso!

Roldán   ¡Ni aqueso!

Reinaldos   ¡Loco estás!

Roldán   Yo lo confieso,
               aunque de estar cuerdo espero.

Angélica   Divididme en dos pedazos,
               y repartid por mitad.

Roldán   No parto yo la beldad
               que tengo puesta en mis brazos.

Reinaldos   Dejarla tienes entera,
               o la vida en estas manos.

Angélica   ¡Oh hambrientos lobos tiranos,
               cuál tenéis esta cordera!
                    El cielo se viene abajo,
               de mi angustia condolido.

Roldán   ¡Oh salteador atrevido,
               cuán sin fruto es tu trabajo!

(Descuélgase la nube y cubre a todos tres, que se esconden por lo hueco
del teatro; y salen luego el Emperador Carlomagno y Galalón, la mano en
una banda, lastimada cuando se la apretó Marfisa.)

Emperador   ¿Que vencistes a Marfisa?

Galalón   Llegué y vencí todo junto,
               porque yo no pierdo punto
               si acaso importa la prisa.

Maltratóme aquesta mano
de un bravo golpe de espada,
de que quedó magullada,
porque fue el golpe de llano.

Emperador   ¿Qué se hizo el español?

Galalón   Como vio en mí a toda Francia,
se deshizo su arrogancia
como las nubes al Sol.
          También le dejé vencido.

Emperador   ¡Brava hazaña, Galalón!

Galalón   Hazaña de un corazón
que es de ti favorecido.

Emperador   ¿Quién es éste?

Galalón   Malgesí.

Emperador   ¡Oh, a qué buen tiempo que viene!
Parece que se detiene
¿Viene armado?

Galalón   Creo que sí.

([Sale] Malgesí con el escudo de Galalón, donde vienen escritos los cuatro
versos de antes.)

Emperador   Extraña armadura es ésta,
¡oh Malgesí!, caro amigo.

Galalón   La ciencia deste enemigo

honra y vida y más me cuesta.

Malgesí   Señor, pues sabéis leer,
leed aquesta escritura.

Galalón   Mi cobardía se apura
si más quiero aquí atender.
   Irme quiero a procurar
venganza deste embaidor.

([Vase] Galalón.)

Malgesí   Después os diré, señor,
cosas que os han de admirar.

Emperador   ¿Adónde queda Roldán,
y adónde queda Reinaldos?

Malgesí   Sacro emperador, miraldos
de la manera que están.

(Vuelven a salir Roldán, Reinaldos y Angélica, de la misma manera como se
entraron cuando les cubrió la nube.)

Reinaldos   Mi trabajo doy al viento,
por más que mi fuerza empleo.

Roldán   Reinaldos, no soy Anteo,
que me ha de faltar aliento.

Angélica   ¡Cobardes como arrogantes,
de tal modo me tratáis,
que no es posible seáis
ni caballeros ni amantes!

Malgesí   Vuelve la vista, emperador supremo;
verás el genio de París rompiendo
los aires y las nubes, paraninfo
despachado del cielo en favor tuyo.

Emperador   ¡Hermosa vista y novedad es ésta!

(Parece un ángel en una nube volante.)

Ángel   Préstame, Carlo, atento y grato oído,
y escucha del divino acuerdo cuanto
tiene en tu daño y gusto estatuido
allá en las aulas del alcázar santo.
Presto estos campos con marcial ruido
retumbarán, y con horror y espanto
volverá las espaldas la cristiana
a la gente agarena y africana.
     En honor de Macón y Trivigante,
con torcida y errada fantasía,
viste las duras [armas] Agramante,
y deja Ferragut a Andalucía.
Rodamonte feroz viene delante;
sus fuertes moros Zaragoza envía,
con Marsilio, su rey, y el rey Sobrino,
tan prudente, que casi es adivino.
     Queda Libia desierta, sin un moro;
de África quedan solas las mezquitas,
y todos a una voz tus lirios de oro
afrentan con palabras inauditas.
Mas tú, guardando el sin igual decoro
que guardas en empresas exquisitas,
sal al encuentro luego a esta canalla,
puesto que perderás en la batalla.

Pero después la poderosa mano
ayudarte de modo determina,
que del moro español y el africano
seas el miedo y la total ruina.
Vuelvo con esto al trono soberano,
a ver si en tu favor se determina
de nuevo alguna cosa, y en un punto
tendrás mi vista y el aviso junto.

(Vase.)

Emperador   ¡Gracias te doy, Dios inmenso,
                 por el aviso y merced!

Roldán   Pues ella cayó en mi red,
                 gozalla, sin duda, pienso.

Reinaldos   ¿Todavía estás en eso?

Roldán   ¿Y tú en eso todavía?

Emperador   De vuestra loca porfía
                 he de sacar buen suceso,
                    y ha de ser desta manera:
                 aquesta dama llevad,
                 y al momento la entregad
                 al gran duque de Baviera,
                    y el que más daño hiciere
                 en el contrario escuadrón,
                 llevará por galardón
                 la prenda que tanto quiere.

Roldán   Soy contento.

Reinaldos	Soy contento.

Roldán	¡Morirán luego a mis manos andaluces y africanos!

Malgesí	¡Vano saldrá vuestro intento!

Roldán	¡Despedazaré a Agramante y a su ejército en un punto! Cuéntenle ya por difunto.

Malgesí	No te alargues, arrogante, que Dios dispone otra cosa, como en efecto verás.

Roldán	¡Oh Agramante! ¿Dónde estás?

Reinaldos	¡Por mía cuento esta diosa! Cuando con victoria vuelvas, crecerá tu gusto y fama, que por ahora nos llama fin suspenso a nuestras selvas.

Suenan chirimías, y dase fin a la comedia

Libros a la carta

A la carta es un servicio especializado para
empresas,
librerías,
bibliotecas,
editoriales
y centros de enseñanza;
y permite confeccionar libros que, por su formato y concepción, sirven a los propósitos más específicos de estas instituciones.

Las empresas nos encargan ediciones personalizadas para marketing editorial o para regalos institucionales. Y los interesados solicitan, a título personal, ediciones antiguas, o no disponibles en el mercado; y las acompañan con notas y comentarios críticos.

Las ediciones tienen como apoyo un libro de estilo con todo tipo de referencias sobre los criterios de tratamiento tipográfico aplicados a nuestros libros que puede ser consultado en Linkgua-ediciones.com .

Linkgua edita por encargo diferentes versiones de una misma obra con distintos tratamientos ortotipográficos (actualizaciones de carácter divulgativo de un clásico, o versiones estrictamente fieles a la edición original de referencia).

Este servicio de ediciones a la carta le permitirá, si usted se dedica a la enseñanza, tener una forma de hacer pública su interpretación de un texto y, sobre una versión digitalizada «base», usted podrá introducir interpretaciones del texto fuente. Es un tópico que los profesores denuncien en clase los desmanes de una edición, o vayan comentando errores de interpretación de un texto y esta es una solución útil a esa necesidad del mundo académico.

Asimismo publicamos de manera sistemática, en un mismo catálogo, tesis doctorales y actas de congresos académicos, que son distribuidas a través de nuestra Web.

El servicio de «libros a la carta» funciona de dos formas.

1. Tenemos un fondo de libros digitalizados que usted puede personalizar en tiradas de al menos cinco ejemplares. Estas personalizaciones pueden ser de todo tipo: añadir notas de clase para uso de un grupo de estudiantes,

introducir logos corporativos para uso con fines de marketing empresarial, etc. etc.

2. Buscamos libros descatalogados de otras editoriales y los reeditamos en tiradas cortas a petición de un cliente.

www.ingramcontent.com/pod-product-compliance
Lightning Source LLC
Chambersburg PA
CBHW050902180626